Nul autre que toi

L'un pour l'autre

Carrie Ann Ryan

Nul autre que toi

L'un pour l'autre
Tome 2
Carrie Ann Ryan

Nul autre que toi

L'un pour l'autre

Par Carrie Ann Ryan

© 2016 Carrie Ann Ryan

eBook ISBN : 978-1-63695-301-4

Print ISBN: 978-1-63695-302-1

Traduit de l'anglais par Adeline Nevo pour Valentin Translation

Ceci est une œuvre de fiction. Les noms, les lieux, les personnages et les incidents sont le produit de l'imagination de l'auteur et sont fictifs. Toute ressemblance avec des personnes réelles, existantes ou ayant existé, des événements ou des organismes serait une pure coïncidence.

Pour plus d'informations, abonnez-vous à la LISTE DE DIFFUSION de Carrie Ann Ryan.
Pour communiquer avec Carrie Ann Ryan, vous pouvez vous inscrire à son FAN CLUB.

Nul autre que toi

Après *Elle et aucune autre*, Carrie Ann Ryan, auteure de best-sellers au classement du New York Times, nous revient avec une nouvelle romance, une relation factice pourtant bien réelle.

Déclarer sa flamme à son meilleur ami seulement vêtue de son ensemble de lingerie préféré et d'un manteau n'était peut-être pas la meilleure décision qu'Amelia Carr ait jamais prise. C'était peut-être même la pire. Mais quand sa famille surprotectrice intervient dans sa vie privée, elle prend une décision radicale : le meilleur ami de son frère sera son compagnon. Dommage qu'il ne se doute pas dans quoi il met les pieds.

Tucker Reinhard aime les femmes, et elles le lui rendent bien. En dépit de tout cet amour, il n'aurait *jamais* imaginé qu'Amelia viendrait le voir avec le plan qu'elle lui soumet. Il va jouer le jeu, mais uniquement pour ne pas la blesser... même si, pour cela, il doit se battre avec son meilleur ami.

Seulement, en cours de route, Amelia prend conscience qu'elle ne connaissait pas Tucker aussi bien qu'elle le pensait. Et ni l'un ni l'autre n'est prêt pour ce qui leur arrive quand ils abandonnent les faux-semblants et regardent la vérité en face.

Chapitre Un

Amelia

MA SPÉCIALITÉ, C'EST LES ERREURS. IL FAUT DIRE
que j'ai passé vingt-six ans à apprendre à les faire avec
panache. J'aimerais pouvoir ajouter que je les fais avec
grâce et dignité, mais ce n'est pas du tout le cas.

Je fais des erreurs et j'en fais souvent.

Parfois, je me rends compte qu'il y a une raison à ces
erreurs, et qu'elles me permettent d'apprendre et de
grandir. Rétrospectivement, je peux regarder en arrière
et comprendre ce que j'ai fait de mal, ce que je dois faire
à présent et comment m'améliorer grâce à ça.

Comment devenir une meilleure Amelia. Une meilleure Carr.

Mais pendant que je commets mes erreurs, j'ai parfois l'impression que le monde s'effondre autour de moi, et j'ai juste envie de m'enterrer dans un trou pour ne jamais en sortir.

Parfois je ne me rends même pas compte de mes erreurs, alors j'empire les choses car j'en rajoute d'autres.

Mais je suis humaine. Tellement humaine que je sais qu'il nous arrive à tous de faire de mauvais choix. On pense qu'on fait ce qu'il faut, et soudain on réalise que ce n'est pas le cas. On bousille alors la situation jusqu'au point de non-retour et on aimerait mourir, se cacher du monde et tout oublier.

Parfois – surtout quand j'étais plus jeune – je ne voulais pas assumer mes mauvaises décisions. Je préférais les oublier et ne pas les voir.

Comme la fois, à l'école, où la prof avait partagé la classe en rangées face à face. Trois rangées à gauche et trois à droite.

Ça signifiait que je me retrouvais littéralement face à certains de mes camarades de classe. Les jours où j'avais ce cours, je ne pouvais pas porter de jupe parce qu'en étant face au reste de la classe... tout le monde pouvait voir sous votre jupe.

Je ne sais pas pourquoi notre professeur de portugais avait décidé d'aménager la classe de cette façon. Peut-être parce qu'elle voulait pouvoir traverser la salle en regardant ce que nous faisions et nous écouter ânonner les mots.

Bref, c'était comme ça, et ces jours-là, je ne portais tout simplement pas de jupe. Parce que ceux qui avaient eu ce cours avant moi m'avaient prévenue. Tout comme ils m'avaient prévenue de ne pas porter de robe les jours où nous avions géographie avec M. Clampton. Il aimait mettre les filles en robe à l'avant. Il ne le faisait jamais de manière gênante, et n'avait jamais touché ni maté personne, mais ce n'était pas non plus une coïncidence si les filles étaient toujours assises à l'avant.

M. Clampton n'enseignait plus, Dieu merci.

Parce qu'on ne le disait pas aux parents quand il se passait quelque chose de flippant. On prévenait juste la prochaine génération du déroulement des choses. Et ce n'était qu'en réalisant que – oh mon Dieu, c'est vraiment horrible ! – qu'on transmettait les informations à un niveau supérieur et en dehors de l'école.

Mais je m'égare. Il y a eu cette fois en cours de portugais où j'ai fait une erreur. Une si grosse erreur que j'étais déterminée à ne plus y penser. Je me suis dit que j'allais l'enterrer au plus profond de mon subconscient et peut-être m'en occuper plus tard... quand je serai

3

adulte. Vous savez, après la thérapie. Parce que tout le monde à la télé faisait une thérapie. Donc, je me disais que je m'en occuperais à ce moment-là, et non à mes quatorze ans.

Parce qu'il y avait ce gamin qui s'appelait Lee. Lee était à peu près de ma taille – donc un peu petit pour un garçon – mais ça ne me gênait pas. Il était mignon, plutôt drôle, un peu méchant, mais ça ne me dérangeait pas. Parce que, parfois, il faisait attention à moi. Et j'étais ce genre de fille.

Le genre que je détestais : je voulais que quelqu'un me remarque.

Alors ce garçon maigrichon nommé Lee faisait ce truc avec sa chaise : comme un cercle avec son corps. Il appuyait ses jambes sous la chaise et se contorsionnait en faisant des cercles autour de son pupitre.

Il le faisait quand le professeur ne regardait pas, et tout le monde essayait de faire pareil.

Les filles minces le faisaient, et tout le monde riait. Certains mecs le faisaient aussi, même si les plus costauds se moquaient en disaient : « Pas question. »

Je voulais faire partie des gens cool. Alors, j'ai essayé.

Notez bien que j'ai dit « *essayé* ».

J'ai essayé et je suis restée bloquée.

Imaginez : mes jambes sont écartées et je suis face

contre terre sous le bureau, mon corps coincé entre mes jambes dans une position repliée.

Et tout le monde me regardait.

Heureusement, je me suis relevée rapidement et j'ai juste fait un signe dédaigneux de la main, les joues cramoisies, en disant : « Ouais, oups. » Ce n'est que plus tard que j'ai réalisé que c'était parce que j'avais des seins. Bien que petite et encore mince, mes seins gênaient tout autant à l'époque.

Aujourd'hui je les aime peut-être, mais je ne les aimais *pas* à l'époque.

C'était un mauvais choix. Et je l'ai enterré pour n'y repenser que de temps en temps ; en général quand j'étais anxieuse à propos de quelque chose ou quand j'étais au lit et que je devais me lever tôt. C'est alors que je pensais à tous mes mauvais choix.

Car au final je n'avais jamais fait de thérapie, et à la place je pensais à tous mes mauvais choix et à mes erreurs juste au moment de m'endormir... Ou quand je savais que j'allais éventuellement en commettre une autre.

Comme ce soir. Ce soir serait peut-être une erreur, mais j'espérais que non, étant donné que j'attendais ce moment depuis des mois... des années.

Car je savais qu'il y avait une personne avec qui j'étais destinée à vivre. J'avais beau ne pas vraiment

croire au destin, au bonheur, à l'amour éternel et tout ça
– Comment y croire avec le foyer dans lequel j'avais
grandi ? – je pensais que certaines choses nous étaient
destinées.

Était-ce le destin ou simplement une longue série de
décisions qui ne s'étaient pas avérées être des erreurs ?
C'était bien ça le problème.

Parce que ce soir, j'allais faire bouger les choses. Je
n'allais plus attendre.

Et ça concernait un garçon.

Oui, un garçon. Celui qui était assis à côté de Lee
dans ce cours et qui avait fait de son mieux pour passer
sous la table une fois et qui y était arrivé. Un garçon qui
n'avait pas ri quand j'étais restée coincée. Il avait même
fait exprès de faire tomber son livre pour détourner l'attention, y compris celle du professeur.

Tout le monde avait vite oublié l'incident. C'était du
moins ce que je m'étais dit, car je n'aimais pas penser
qu'on parle de moi dans mon dos. Je n'aime pas ça maintenant, et encore moins quand j'étais adolescente.

Mais ce garçon avait été mon meilleur ami. Il l'était
toujours.

Je ne me souvenais pas du moment où Tobey et moi
étions devenus les meilleurs amis. Je me souvenais juste
de m'être réveillée un matin et d'avoir su qu'il l'était.

Ainsi que l'amour de ma vie.

Je ne me souvenais pas non plus du moment où j'étais tombée amoureuse de lui.

C'était comme s'il avait toujours été là, et qu'il avait toujours fait partie de moi.

Je l'aimais de toutes les fibres de mon corps.

Donc, oui, c'était peut-être ringard, peut-être que c'est ce truc du destin auquel je m'étais toujours interdit de croire, mais j'aimais Tobey.

Tobey McMillan, qui, curieusement, ressemblait un peu à Tobey Maguire. Du moins à l'époque où l'acteur était plus sexy que gênant.

Tobey avec un E. Le Tobey qui avait toujours été là pour moi.

Honnêtement, je ne me souvenais pas du moment où tout avait commencé entre nous. Il avait débarqué un jour au collège... Ou était-ce l'école primaire ? On avait mangé ensemble à la cantine, surtout parce que je voulais la moitié de son jambon-fromage, et qu'il voulait la moitié de mon thon. J'ignorais pourquoi ma mère me donnait du thon, mais Tobey avait adoré, et nous avions partagé.

Après ce jour, on partagea tous nos déjeuners jusqu'à l'université. J'avais toujours un truc, lui un autre et on partageait.

Je n'ai jamais rien eu à demander. Je n'ai jamais eu à m'interroger sur ce qu'il y avait de l'autre côté car

Tobey était là, et je savais qu'il partagerait toujours avec moi.

Si j'avais besoin d'aide au travail, il était là. Si j'avais besoin d'aide pour mes devoirs en mathématiques ou en sciences quand nous étions plus jeunes, il était là. Je l'aidais en anglais et en Histoire, et on apprenait ensemble.

On n'a jamais été le genre d'amis à faire nos devoirs l'un pour l'autre. Surtout parce qu'on voulait pouvoir les faire par nous-mêmes, mais c'était toujours agréable de savoir qu'on avait quelqu'un sur qui compter.

Et comme j'avais également trois grands frères sur qui je pouvais compter, je mesurais ma chance.

Mes parents n'avaient pas été les meilleurs, entre l'alcool, les adultères, les disputes et les cris. Mais ce n'était pas si grave. Pas trop en tout cas. Parce que j'avais mes frères, chacun à leur façon. Et que j'avais Tobey.

Il était doux, attentionné et parfois un peu distant. Parfois, il était distrait et oubliait des détails importants, mais il finissait toujours par s'en sortir.

Je l'aimais.

On a toujours été le couple : « Est-ce qu'ils vont se décider ou pas ? »

Bien sûr, j'avais fréquenté d'autres mecs au lycée et à l'université, et lui aussi de son côté, ce qui me rendait toujours un peu jalouse, mais j'avais fini par réaliser que ça n'avait pas vraiment d'importance. Nous pouvions vivre nos vies et trouver nos voies, au final nous finirions ensemble.

Parce que c'était le destin.

Apparemment, je *croyais* au destin. Pourquoi pas ?

Mes frères pensaient que Tobey et moi sortions déjà ensemble. Après tout, on était constamment ensemble, à se toucher, se tenir la main et même parfois s'embrasser. Mais vite fait ; un bisou sur la joue, le front, peut-être un bécot sur les lèvres. Comme si on avait toujours été ensemble.

Parfois, on agissait comme un vieux couple marié, et ça me convenait, parce que je l'aimais. Mais j'en avais aussi un peu marre d'attendre : attendre qu'il fasse le premier pas et qu'il me dise qu'on était prêts à passer à l'étape suivante. Il m'avait dit qu'il m'aimait, tout comme moi d'ailleurs.

Parfois, une petite part de moi s'inquiétait que cet amour ne soit que de l'amitié, même si l'amitié était un bon point de départ. Ce que nous avions ne pouvait être modifié, mais on pouvait construire par-dessus. Et je savais que nous étions prêts.

Ça n'allait donc pas être une de ces erreurs de mon passé. Ça ne se pouvait pas. Pas quand il s'agissait de Tobey et moi.

Mais attendre qu'il fasse le premier pas, était une sorte de situation perdant-perdant car cet homme avait son propre rythme. Il avait passé une année supplémentaire à l'université, parce qu'il lui avait fallu du temps pour décider dans quoi il voulait se spécialiser. Et puis il lui avait fallu encore six mois de plus pour réfléchir au métier qu'il voulait exercer une fois diplômé.

Tobey prenait une éternité pour la plupart des choses. J'avais même l'habitude de choisir nos repas, ce qui ne le dérangeait pas, sinon il nous aurait fallu un temps fou pour décider ce qu'on allait manger. Si on voulait aller voir un film, il me demandait généralement de choisir.

Oui, Tobey était un peu lent à démarrer. Mais ça m'allait. Je prenais beaucoup de décisions pour nous deux, et j'étais rapide à le faire.

C'est peut-être la raison de toutes mes erreurs du passé. Mais ce n'était pas grave car Tobey serait toujours là pour moi, même si j'en faisais davantage.

Ce soir c'était le grand soir. J'allais enfin lui avouer mon amour, et le convaincre que nous étions faits l'un pour l'autre. J'étais enfin prête à passer à l'action. Attendre que Tobey fasse le premier pas et propulse notre relation au niveau supérieur... Non. Je n'avais pas envie d'attendre plus longtemps.

En fait, tout le monde nous considérait déjà comme un couple. Une part de moi aussi, sauf la part comportant des relations sexuelles, mais sinon oui.

On dînait ensemble presque tous les soirs, on se parlait et on s'envoyait des SMS tous les jours.

J'avais une clé de sa maison, et il en avait une de la mienne. Il m'aidait toujours au travail, et j'essayais de l'aider aussi, mais il était informaticien et n'avait pas vraiment besoin de mon aide. Je travaillais de mes mains étant donné que j'étais architecte paysagiste, et il m'arrivait parfois d'avoir besoin de ses muscles.

Le Tobey maigrichon et peu musclé de notre enfance, s'était bien rempli depuis. Il était même sacrément canon.

J'aimais mon meilleur ami et j'avais hâte de le lui annoncer officiellement. Mais comme j'étais moi et que je m'étais saoulée un soir pour fomenter ce plan, j'allais m'amuser en le faisant.

Parce que nous méritions de nous amuser un peu.

On avait traversé beaucoup de choses récemment, surtout avec deux de mes frères, et il était temps de penser un peu à nous.

Forte de cette pensée, je me regardai dans le miroir et laissai échapper un souffle tremblant.

— Tu es très bien Amelia, me dis-je. Tu es belle, plantureuse, vigoureuse et prête à faire avancer les choses.

Et... je n'ai plus jamais répété *cette* phrase. « Plantureuse et vigoureuse » ? Pourquoi ne pas lire un magazine *Penthouse* et me finir toute seule ?

Mais étant donné que ce que j'étais sur le point de faire, pourrait finir dans un courrier des lecteurs de *Penthouse*, autant m'amuser.

Je remontai mes seins dans mon soutien-gorge en dentelle pour les mettre bien en place. C'était un soutien-gorge à décolleté plongeant avec un rembourrage, non pas pour m'en rajouter – parce que la nature m'avait bien dotée – mais pour les remonter et les séparer. Il y avait cette bande épaisse sous les bonnets qui donnait une impression de corset sans que ça en soit un. J'appelais plutôt ça un bustier, même si je ne savais pas trop ce que c'était. En général j'optais pour le confort.

Mais ce soir, il était question de dentelle et de seins.

J'ajustai également ma culotte en dentelle, et souris. Oui, je portais un ensemble assorti et les chaussures à talons hauts que j'adorais. Comme elles étaient à lanières, je ne pourrais pas les retirer facilement, même en étant sobre.

Et c'était *tout* ce que j'allais porter... plus un manteau. Je n'avais pas de trench-coat et je ne voulais pas aller si loin non plus. J'allais donc porter mon caban avec tous ses boutons.

Ça serait ma tenue pour la soirée.

J'allais frapper à la porte de Tobey et lui montrer son nouveau cadeau en disant : « *Il est temps de se lancer.* »

Je savais être séductrice. J'avais séduit pas mal d'hommes à mon époque. Bon, d'accord, *quelques* hommes, et c'était surtout eux qui s'étaient occupés de la partie séduction, parce que ce n'était pas mon fort. Mais je m'étais suffisamment entraînée devant ce miroir pour que tout se passe bien.

Ça allait être le grand soir où j'allais déclarer mon amour à mon meilleur ami.

Une fois de plus, j'ignorai la petite voix dans ma tête qui me disait que ça risquait de finir au fin fond de mon esprit avec tous mes traumatismes d'enfance. Après tout, c'était à ça que servait la thérapie. Je devais d'ailleurs probablement me trouver un thérapeute.

Mais assez de cela.

— OK. Allons-y.

J'éteignis la lumière, pris mon sac et montai dans ma voiture. N'habitant pas loin de chez Tobey, j'aurais pu m'y rendre à pied, mais habillée comme je l'étais – comme si j'allais commencer un nouveau job consistant à arpenter les rues – je décidai de conduire. Et je peux vous dire que j'ai bien respecté le code de la route.

Je me suis probablement arrêtée un peu trop longtemps aux stop, enclenché mon clignotant plus tôt que nécessaire à chaque fois, et pareil pour toutes les autres règles de circulation, car il était hors de question que je me fasse arrêter dans cette tenue.

Mon sentiment de malaise augmenta quand je me garai dans l'allée de Tobey. Est-ce que je commettais une erreur ? Et s'il disait non ? Non... impossible. Nous étions complètement sur la même longueur d'onde. Il nous fallait juste un petit coup de pouce, et cet accoutrement allait faire l'affaire. Parce qu'il le fallait.

Tobey était tout pour moi. Mon éternité.

Et j'en avais marre d'attendre.

Je voulais qu'il m'aime et qu'il me le dise, et je voulais qu'on commence notre nouvelle vie ensemble. J'en avais marre des regards interrogateurs de notre entourage avec leur « *Est-ce qu'ils vont se décider ou pas ?* ».

Parce que ça allait se concrétiser.

Il était mon meilleur ami, et tomber amoureuse de son meilleur ami était non seulement mon trope préféré dans la romance, c'était aussi ma vie.

J'avais eu suffisamment de bas dans ma vie. C'était le moment des hauts. Je le méritais. *Nous* le méritions.

Je laissai échapper un souffle tremblant et éteignis ma voiture.

Tout commençait maintenant, et j'allais être suffisamment courageuse pour le faire. Ce n'était pas une erreur.

Je pris mon sac et sortis de la voiture en souriant alors que j'essayais de remonter l'allée avec mes talons. J'étais parfaitement capable de marcher en talons. Je pouvais même courir avec, mais j'étais légèrement nerveuse. Et parce que je savais que je devais conduire jusqu'ici, j'avais préféré me passer d'un shot de tequila pour me donner du courage. Mais ça allait. Je n'avais pas besoin de tequila.

Parce que c'était ce qu'il fallait faire.

Je sonnai à la porte au lieu d'utiliser ma clé, et Tobey ouvrit aussitôt, les yeux écarquillés par la surprise. Il semblait si chaleureux, si confortable, si... *mien*.

— Salut, je ne savais pas que tu comptais passer. Tu n'as pas froid dans cette robe ? demanda-t-il en s'écartant pour me laisser entrer.

J'avais *un* peu froid et je ne portais pas de robe, mais toute cette adrénaline me réchauffait. J'étais bien. Je ne ressentais pas grand-chose.

Sauf mon amour pour la personne en face de moi.

Il avait une forte mâchoire et une petite mèche qui lui retombait sans cesse sur le visage.

Il était si beau. Si *mien*

Ça allait être parfait.

— Alors, quoi de neuf ? demanda-t-il en baissant les yeux sur son téléphone avant de le ranger dans sa poche arrière.

Il était constamment collé à son portable. Mais comme il aimait la technologie, je ne le lui reprochais pas.

— J'ai plusieurs choses à te dire. J'aurais probablement dû l'écrire et réfléchir à la façon de l'annoncer, mais je crois que je vais simplement me lancer.

Ses yeux s'écarquillèrent un instant avant qu'il fronce les sourcils.

— Est-ce que je devrais m'asseoir ? demanda-t-il incertain.

— Peut-être. Mais j'y vais. Parce qu'il le faut. Il est temps.

— D'accord, Amelia. Qu'est-ce qui se passe ? Qu'est-ce qui ne va pas ?

Je secouai la tête.

— Rien (j'aurais vraiment dû tout écrire). Tobey, nous sommes les meilleurs amis.

— Oui c'est vrai.

— Laisse-moi parler en premier. D'accord ?

— D'accord. Mais tu veux t'asseoir ?

— Non. Ça va. S'il te plaît, laisse-moi continuer.

— OK bébé.

Bébé. Si ce n'était pas une preuve !

— Nous sommes les meilleurs amis depuis toujours. Tu fais partie de mon monde, et honnêtement, je ne peux pas imaginer ma vie sans toi. Tu es tout pour moi. Je t'aime depuis toujours.

— Je t'aime aussi bébé.

Ses mots s'enroulèrent autour de moi et m'empêchèrent de respirer.

— Je t'aime vraiment, Tobey. Je sais qu'on tourne autour du pot depuis toujours, alors je me suis dit que peut-être faire un geste spectaculaire nous pousserait à passer au niveau supérieur. Je me suis dit que je pourrais faire le premier pas.

Je défis rapidement les boutons de mon manteau et le laissai tomber au sol.

Ses yeux s'écarquillèrent pendant une minute, et son regard parcourut mon corps. Je rougis, sachant que ça allait marcher. Tobey aimait les grands gestes, même s'il était discret.

Ça allait marcher.

Mais quand son regard croisa le mien, quelque chose se brisa en moi. J'en eus la chair de poule, mais pas dans le sens que je voulais.

Non, c'était de la pure mortification. Parce qu'il ne faisait aucun geste et qu'il me regardait sans désir ni amour.

Il y avait même de l'horreur. De la confusion.

Et peut-être un peu de pitié.

Comment était-ce possible ? Comment avais-je à ce point mal interprété la situation ?

— Bébé ?

Je me baissai rapidement et remis mon manteau.

— D'accord, c'était un peu rapide. Peut-être que je n'aurais pas dû commencer par te montrer la marchandise. Oublie ce qui s'est passé. Mais on doit parler.

— Je crois, oui. Bébé, je t'aime. Mais je ne t'aime pas de cette façon.

Je ne savais pas que le son d'un cœur brisé pouvait résonner dans les oreilles. Ça ressembla à un coup de feu qui ricocha dans mon corps en brisant mon organe en mille morceaux. Mes tripes se remplir d'acide et ma tête explosa alors que j'essayais de comprendre ce qu'il venait de dire.

Je ne t'aime pas de cette façon.

Cette... façon.

De la façon dont je l'aimais.

C'était une erreur. Une erreur que j'avais évitée jusque-là et que j'allais devoir enterrer au fin fond de mon esprit pour l'oublier.

— Bébé.

— Tu peux arrêter de m'appeler « *bébé* » ? dis-je doucement.

Je venais de montrer mes seins à mon meilleur ami, et il ne m'aimait pas.

Il ne s'avança même pas. Non, ses mains restèrent dans ses poches, et son expression demeura chagrinée.

Et cette maudite pitié.

— Je dois te dire quelque chose Amelia.

— Je pense que tu en as assez dit. Ou disons que *j'en ai* assez dit pour nous deux.

J'essayai de passer devant lui, mais il me saisit le bras. Je ne voulais pas sursauter, mais le fait que je le fasse nous choqua tous les deux. Je m'éloignai en serrant ma veste autour de moi, et souhaitant pouvoir tomber dans un trou et ne jamais en ressortir.

— Je sors avec quelqu'un, Amelia.

— Quoi ? dis-je en le fixant.

Tobey fréquentait quelqu'un ? On discutait *tous les jours,* et il n'en avait jamais parlé.

Oh mon Dieu. Qu'est-ce que j'avais fait ?

— Oui. Je l'aime, Amelia. Je pense que j'ai trouvé mon éternité avec elle. Je ne savais pas comment te le dire.

— Tu l'aimes ? Ton éternité ?

— Oui. J'espérais te la présenter un jour. C'est juste que... je suis désolé Amelia. J'aurais dû t'en parler.

Je relevai le menton. Je n'allais pas pleurer. Je ne pouvais pas pleurer devant mon meilleur ami, même si j'étais effondrée de l'intérieur. Je relevai simplement le menton et hochai la tête.

— Ouais. Tu aurais dû.

Et je m'enfuis.

Je venais de dire à mon meilleur ami que je l'aimais, et j'avais appris qu'il ne m'aimait pas. Il n'y avait pas de retour en arrière à cela.

Chapitre Deux

Tucker

— Excusez-moi, vous pourriez m'aider à attraper ces courgettes ?

Je passai en revue la femme devant moi à la supérette, et hochai la tête en lui adressant un petit sourire avant de m'attarder sur son visage.

Draguer à la supérette, ce n'était pas trop mon truc, et comme j'avais des plans pour ce soir, ça n'irait pas plus loin. Mais rien ne m'empêchait d'admirer ces courbes généreuses et ces lèvres pleines.

C'était plus fort que moi.

Carrie Ann Ryan

J'aimais les femmes. Et les femmes avaient tendance à m'aimer, ce qui ne me dérangeait pas. Pas du tout.

— Bien sûr, quelle taille est-ce que vous voulez ?

Je retins un gémissement intérieur devant cette insinuation graveleuse, parce que je n'avais pas fait exprès. Mais à la voir rougir et balayer mon corps de son regard... je compris qu'elle avait saisi le double sens.

Oups.

— Eh bien, une assez grosse. Vous pouvez me trouver ça ?

Mon Dieu, j'étais en plein milieu d'un film porno. Et sans trépied. Il fallait que j'arrête les blagues tout de suite. Ça ne me réussissait pas.

— Je vais voir ce que je peux faire, lui dis-je avec un clin d'œil avant de me tourner vers les courgettes.

J'en trouvai une qui faisait moins phallique que les autres, au cas où j'aurais mal compris la situation. Et si elle voulait vraiment une belle courgette à cuisiner pour sa famille ? Une qui soit assez grande pour tous les nourrir.

Une qui n'avait rien à voir avec ma queue.

Mais quand elle s'approcha et pressa ses seins contre moi, j'eus l'impression qu'elle pensait clairement à ma queue.

Oh super. J'avais atteint un stade où je pouvais faire des blagues de cul sur les courgettes.

Bon d'accord, soyons honnête, je faisais toujours des blagues de cul. C'était un peu mon truc.

— Voici.

— Oh, et elle est tellement... ferme.

Elle me fit un clin d'œil et je retins un gémissement.

Sérieux ? Il y avait des enfants autour de nous, et elle caressait cette courgette d'une façon qui me donnait envie de croiser les jambes. Parce que vu comme elle serrait ce légume, je me demandai comment elle serrerait ma quincaillerie.

— En tout cas, merci.

— De rien. Maintenant, si vous voulez bien m'excuser, je dois aller voir les artichauts.

Je pris la fuite, conscient qu'elle matait mes fesses pendant que je m'éloignais. J'avais trouvé la situation trop bizarre. Lorsqu'une autre femme s'approcha d'elle et qu'elles commencèrent toutes les deux à glousser en me pointant du doigt, je me demandai si j'étais dans une émission de caméra cachée.

Je savais que les femmes étaient attirées par moi. Les hommes aussi d'ailleurs. Parfois, j'utilisais cela à mon avantage. D'autres fois, je l'ignorais. Les gens aimaient mon physique, mon sourire, mes muscles. Ils aimaient ce qu'ils voyaient.

Je savais être charmeur. J'avais appris à l'être durant mon enfance. C'était comme ça que je charmais mes familles d'accueil quand je passais de l'une à l'autre. J'en avais charmé pas mal avant de trouver celle où j'avais pu rester jusqu'à mes dix-huit ans. Une famille parfaite où on ne me touchait pas quand je disais non. Où personne ne me frappait ou me criait dessus. C'était une bonne famille. Ils pensaient probablement affectueusement à moi de temps en temps mais sans trop se souvenir de moi.

La famille d'accueil parfaite.

Je me servais de mes fossettes et de mon sourire pour obtenir ce que je voulais. Et je n'en avais pas honte. Les enfants en famille d'accueil apprenaient jeunes. C'était un peu notre truc.

Et donc, j'utilisais mon *don* – comme diraient les enfants d'aujourd'hui, du moins c'est ce que je pensais qu'ils disaient – pour traverser la vie.

Ce soir j'avais des plans avec ma famille de cœur, alors draguer une femme à la supérette qui caressait des courgettes comme si c'était le dernier légume qu'elle pourrait peloter, n'était vraiment pas dans mes projets.

Je laissai les artichauts et quittai la zone des légumes pour me diriger vers les fleurs comme c'était prévu depuis le début. Je voulais apporter un bouquet ou quelque chose de sucré pour la nouvelle amoureuse de mon meilleur ami. Oui, j'avais menti à la femme aux courgettes à propos des artichauts, mais je n'avais pas voulu la quitter sans rien dire. J'aurais probablement dû dire « *fleurs* », ou que j'étais occupé. Peut-être que je n'aurais rien dû dire. Mais non, à la place, j'avais menti.

Et maintenant je me sentais comme un con.

Mais ça n'avait pas d'importance car je ne la reverrais plus jamais. Ce n'était même pas ma supérette habituelle.

Je passai les fleurs en revue jusqu'à ce que je trouve un joyeux bouquet de marguerites avec des petites brindilles blanches dont je ne connaissais pas le nom. D'habitude je prenais des lys, des roses ou des marguerites. Je savais aussi ce qu'étaient les tulipes.

La petite sœur de Devin, Amelia, saurait probablement ce que c'était. Tout comme notre autre amie, Zoey. Étant donné que Zoey était fleuriste et Amelia architecte paysagiste, elles avaient intérêt à connaître les fleurs.

Consterné, je regardai les marguerites dans ma main. Merde, si je me pointais avec des fleurs de supérette, Zoey me tuerait sûrement. Mais son magasin était fermé, alors tant pis pour elle.

Peut-être que je pourrais aussi acheter du vin ? Oui, du vin. Je parcourus rapidement l'allée des vins, reconnaissant de pouvoir en trouver ici. Je m'étais rendu dans un autre État ce mois-ci où on ne pouvait pas acheter de vin en grande surface. Qui pouvait permettre une chose pareille ? Comment ce genre d'horreur pouvait exister dans ce monde ?

Et maintenant je perdais la boule. Je travaillais trop et j'avais vraiment besoin d'un break. Traîner avec ma famille de cœur ce soir était exactement ce qu'il me fallait.

Je choisis rapidement une bouteille de rouge et de blanc, sachant que ce n'étaient pas les meilleurs vins, mais qu'ils seraient savoureux. On pouvait trouver de très bonnes bouteilles de vin à vingt dollars ces jours-ci.

Je payai mes courses en passant rapidement devant la dame aux courgettes, qui passait aussi à la caisse sans rien dire et qui fixait toujours mes fesses.

Je posai les vins sur le siège arrière de mon SUV et jetai les fleurs sur le siège passager avant de grimacer. Heureusement je n'avais abîmé aucun pétale ou tige.

Ma journée de travail à l'hôpital avait été longue, et je rêvais d'aller me coucher. Mais j'allais passer la soirée chez les Carr à la place.

Je connaissais Devin depuis des années... depuis le lycée. On était rapidement devenus amis et on est même allés à l'université ensemble. J'avais fini par y rester un peu plus longtemps, étant donné que devenir radiologue demandait un peu plus d'étude que ce que j'avais prévu en commençant la fac. Mais j'adorais mon travail.

J'adorais essayer de comprendre ce qui faisait souffrir une personne afin qu'elle puisse être soignée. Sans moi, les médecins ne pouvaient pas faire leur travail et les infirmières seraient encore plus sollicitées.

Je voyais des choses qui me brisaient le cœur, mais je voyais également la force de l'humanité qui découlait de ces chagrins. Je voyais les liens se former quand les gens se rapprochaient d'un être cher qui se battait et souffrait.

Je voyais les gens affronter les difficultés. Parfois, je les voyais aussi en bonne santé, quand ce n'était qu'un contrôle. La vie brillait alors dans leurs yeux.

Et à travers tout cela, je remarquais surtout ceux qui avaient de grandes familles. Ils m'attiraient, parce c'était ce que j'avais toujours désiré : avoir une famille toujours là pour vous épauler, quoi qu'il arrive. Je n'avais pas connu ça enfant. Ma dernière famille d'accueil avait été merveilleuse, mais nous ne parlions pas, ne discutions pas. Ils n'envoyaient jamais de cartes d'anniversaire, mais des e-mails de temps en temps. Nous n'étions pas si proches et ils avaient toujours plein d'autres enfants qui entraient et sortaient de leur vie. Ils n'avaient jamais adopté, mais ils étaient toujours là pour les enfants dans le besoin.

Ça m'allait. Je n'avais pas besoin de plus parce que j'avais Devin et ses frères et sœur. Et étant donné que Devin avait traversé sa propre petite version de l'enfer avec ses parents, c'était bien de l'avoir. On pouvait compter l'un sur l'autre.

J'aimais le fait que nous étions là l'un pour l'autre, quoi qu'il arrive.

Je me garai derrière la voiture d'Amelia, devant la maison de Devin et souris. J'aimais bien Amelia. Elle était gentille, un peu fougueuse et avait toujours un avis sur tout – surtout à mon sujet. Ça ne me dérangeait pas. C'était vraiment une gentille sœur avec le plus grand cœur de tous les temps. Et même quand on se retrouvait couvert de terre en lui donnant un coup de main, alors qu'on ne se souvenait même pas d'avoir accepté, je trouvais ça bien.

C'était son sourire. Il suffisait qu'elle sourie pour qu'on suive ses directives.

Je faisais en quelque sorte la même chose. D'après Amelia, c'était mes fossettes. Mais je ne pouvais pas m'en empêcher. Comme je l'ai déjà dit, j'aimais les femmes, et si j'avais été autorisé à regarder Amelia de cette façon, je l'aurais probablement trouvée sexy et mignonne. J'aurais adoré son sourire, ses grands yeux et la façon dont elle remplissait ses robes. Et plus encore, la façon dont elle remplissait son jean quand elle travaillait. Parce que ses jambes... Merde, on pouvait dire qu'elle travaillait avec tout son corps.

Je coupai le moteur et me raclai la gorge avant de m'ajuster dans mon pantalon.

Intéressant... ça faisait un moment que je n'avais pas pensé à Amelia de cette façon. Je n'étais pas censé le faire : c'était la petite sœur de mon meilleur ami. Il y avait des règles à ce sujet. Des livres, des encyclopédies et des manuels avaient été écrits sur la façon de ne pas penser au fait que la petite sœur de votre meilleur ami était sexy.

Et puis elle avait huit ans de moins que moi. Ça ne faisait pas longtemps que je m'autorisais à la regarder de cette façon. Non pas que je sois réellement autorisé à le faire, mais au moins la différence d'âge n'était plus un gros problème.

De toute façon, ça n'avait pas d'importance puisque je ne pensais pas à elle de cette façon. Elle était comme une sœur pour moi.

Non, je n'allais pas me mentir. Il n'y avait rien de fraternel chez Amelia Carr.

J'avais beau la trouver aussi sexy et douce que le péché... une personne tout simplement incroyable, je n'avais pas le droit d'aller plus loin. Je n'avais pas le droit non plus de dire à Devin que je pensais à elle de cette façon. Aux deux autres frères de Devin et Amelia non plus. Dimitri et Caleb pourraient bien me mettre une bonne raclée. Oh,

Devin aussi, mais il retiendrait peut-être un peu ses coups parce qu'on était les meilleurs amis. Par contre Caleb ? Même s'il n'avait jamais fait de prison – du moins d'après ce que je savais – il pourrait probablement me démolir.

Le frère aîné, Dimitri, était enseignant, mais j'étais sûr que quelque chose grondait en lui sous cet extérieur de gentil garçon. Il pourrait me briser comme une brindille.

Donc, non merci. Je n'allais pas penser à Amelia de cette façon... Pas trop souvent.

Je pris mes affaires et me dirigeai vers la maison de Devin. Erin ouvrit la porte. Ses cheveux blonds étaient rassemblés sur sa tête en une étrange coiffure torsadée et bouclée que je trouvai jolie.

Elle me fit un grand sourire et me tendit les mains.

— Bonsoir, Tucker. Te voilà.

— Salut. Quand est-ce que tu vas enfin le quitter et t'enfuir avec moi ? demandai-je en l'embrassant directement sur la bouche.

Elle rejeta la tête en arrière et éclata de rire sous le regard renfrogné de Devin.

Ouais, embrasser le grand amour de son meilleur ami en arrivant, juste après avoir eu des idées cochonnes sur sa petite sœur... Ce n'était sûrement pas très malin. Mais c'était plus fort que moi. J'adorais Erin. Elle était parfaite pour Devin. J'aimais les voir avancer ensemble vers la prochaine étape de leur relation.

Ils n'étaient pas encore mariés, mais je savais que ça serait pour bientôt. Étant donné qu'Erin avait déjà été mariée une fois et avait traversé un divorce infernal, j'étais surpris qu'elle soit prête à recommencer. Mais pour Devin, elle était prête à tout.

En ce qui me concernait, le mariage n'était pas au programme. Non merci. Voir mes amis tomber amoureux et s'engager était super, mais ça ne m'intéressait pas. J'aimais ma vie. Je ne voulais pas d'enfants et je ne voulais pas me marier. J'étais très content de ma situation et de la famille que j'avais trouvée.

Tout le reste pouvait se solder par un cœur brisé et être perdu en un claquement de doigts. Et je ne voulais pas ça. Non merci. Plus jamais.

— Tu as fini d'embrasser ma femme ? demanda Devin.

— Je n'y peux rien si tu l'as complètement emberlificotée, dis-je en souriant.

— Emberlificoter ? répéta Caleb en ricanant dans sa bière. Ce n'est même pas un mot.

— Je suis sûre que c'était dans cette série télé « *Friends* », déclara Amelia en jouant avec la glace dans son verre.

Elle ne me regardait pas. En fait, elle fixait son verre

de soda, et je me demandais ce qui n'allait pas. C'était généralement elle qui bondissait partout en surveillant que tout le monde ait bien mangé, ou eu au moins du fromage.

Il y avait des blagues récurrentes sur le fromage dans la famille. Je ne savais pas d'où ça venait, mais depuis que l'aîné, Dimitri, avait épousé Thea Montgomery, il semblait y avoir du fromage tout le temps, même lorsque Thea et Dimitri n'étaient pas présents.

— Oui, mais c'est aussi un mot, dit Zoey en me prenant les fleurs pendant qu'Erin me débarrassait du vin. Salut, ajouta-t-elle en m'embrassant sur la joue.

— Bonsoir, chantonnai-je. J'adore ce genre d'accueil.

Caleb me lança un regard noir, tout comme Devin tout à l'heure, ce qui me fit sourire. J'adorais quand ça devenait intéressant.

— Alors, qu'est-ce qu'on mange ce soir ? demandai-je en tapotant mon ventre. Je suis affamé.

— Tu as mangé aujourd'hui ? demanda Erin.

Elle me tendit une bière et je la remerciai d'un signe de la tête avant d'en prendre une grande gorgée. J'avais soif et Devin avait toujours de la bonne bière au frais.

— J'ai mangé quelque chose.

— Ce que tu as trouvé au distributeur automatique, tu veux dire ? demanda Devin en secouant la tête.

Je grimaçai en le voyant s'appuyer sur sa canne. Devin était toujours en convalescence depuis qu'il avait été heurté par une voiture pendant son service. Il était facteur – non désolé, *postier* – et avait été renversé par une voiture en sauvant un chien. Le plus surprenant c'était que Devin avait des problèmes avec les chiens et qu'il en avait un peu peur. Mais il avait un grand cœur, et apparemment un crâne épais, parce qu'il allait bien. Bien qu'amputé de sa rate et se remettant d'une jambe cassée, il était presque complètement remis. Il n'utilisait la canne que lorsqu'il était fatigué, ce qui était censé l'aider à guérir plus vite. Il voulait reprendre le travail, et je le comprenais. Je détestais que ma vie soit bouleversée par des choses que je ne contrôlais pas.

C'était bien que les choses reviennent à la normale par ici. Je regardai autour de moi et faillis demander où était Tobey, mais ensuite je vis les épaules affaissées d'Amelia et réalisai qu'elle ne m'avait toujours pas vraiment parlé. Ou même regardé. En fait, tout le monde semblait essayer de ne pas la regarder.

Je me tournai vers Devin et articulai un « *Où est Tobey ?* ».

Devin grimaça et secoua la tête. Mes sourcils se haussèrent.

— Alors, à dîner on aura de la poitrine de porc avec de la purée de pommes de terre, du maïs, des macaronis

et du fromage, et nous avons une tarte au citron merin-
guée pour le dessert, déclara Erin.

Mon estomac se mit à grogner.

— Bon sang, tu réalises tout le sport que je vais
devoir faire pour brûler tout ça ?

— Je pense que ça va aller, dit Zoey en tapotant mes
abdominaux.

Je vis que Caleb, curieusement, ne la regardait *pas*.

Est-ce que j'imaginais des choses ? Non, ce n'était
pas possible. Caleb et Zoey n'étaient jamais sortis
ensemble. J'étais à peu près sûr qu'ils n'y avaient même
jamais pensé. Merde, est-ce que je travaillais tellement
que j'avais perdu ma capacité à comprendre ce qui se
passait dans mon cercle d'amis ? Avec ma famille ?

Je savais que Tobey et Amelia étaient meilleurs amis, et
qu'il traînait toujours avec elle. En fait, j'étais à peu près sûr
qu'ils sortaient ensemble – ou du moins qu'ils baisaient.
Cependant, le fait qu'elle semblait avoir le cœur brisé en ce
moment et que personne n'en parle m'inquiétait.

Est-ce que je devais botter le cul de Tobey ? Parce
que je pourrais le faire sans problème s'il le fallait.

Et maintenant Caleb et Zoey ? Peut-être que je
voyais juste des choses. Ou peut-être que toutes ces
discussions sur les courgettes m'avaient déglingué le
cerveau.

— Notre ami m'a fait un fumoir.

Surpris, je fixai Devin.

— Le père de Laney ?

— Ouais. Il en a fait un pour Laney et pour Greg aussi. On a donc un fumoir et on l'a essayé. Ça sent vraiment bon, mais si la poitrine n'est pas assez juteuse, dites-le-moi.

— Tu veux que je te dise si un truc est juteux ? demandai-je en baissant la voix.

— Oh merde, tu as l'esprit le plus mal tourné de tous les temps, lança Amelia, avant de rougir lorsque je la regardai.

— Je sais. Mais j'aime bien. Et puis en général c'est toi qui fais les blagues de cul.

Elle haussa simplement les épaules et se remit à fixer son soda. Je lançai un regard à la ronde.

Que se passait-il ?

Tout le monde se mit à table, mais Amelia resta appuyée au bar à regarder son verre.

— Tu veux me dire ce qui se passe ? chuchotai-je en m'approchant d'elle.

— Pas particulièrement.

— Tout le monde fait exprès de ne pas te parler, et je sais que tu n'aimes pas ce genre de choses.

— Ils ne veulent pas non plus me laisser boire.

Apparemment, ils ont peur que je noie mon chagrin dans l'alcool.

Elle l'avait dit avec tant de sarcasme que je regardai autour de moi... et trouvai la bouteille de whisky.

Je croisai son regard et elle me sourit pour la première fois de la soirée.

— J'ai de quoi te remonter le moral, ma grande.

— C'est toujours ça, marmonna-t-elle.

Mes sourcils se haussèrent.

D'accord, il allait me falloir des détails. Peut-être pas ce soir, mais un de ces jours en tout cas. Ce soir, je lui verserais un verre ou deux de son whisky préféré – mélangé à du Coca pour que personne ne le sache – et je veillerai à ce qu'elle rentre bien à la maison.

Parce que c'était la petite sœur de mon meilleur ami, et que si quelqu'un lui avait fait du mal, j'allais m'occuper de son cas.

J'avais l'impression que puisque Tobey n'était pas là et que Devin n'en parlait pas sciemment, il s'était passé quelque chose.

En tout cas une chose était sûre : celui qui ferait du mal à Amelia, nous aurait tous sur le dos.

Chapitre Trois

Amelia

—— Mais quel con, déclara Zoey.

Je haussai les sourcils.

— Pourquoi est-ce que tu as dit « con » avec un accent écossais ? demandai-je en regardant mon unique verre de vin.

Je n'avais même pas encore pris une gorgée. Je n'avais qu'une envie : oublier mon chagrin et prétendre que tout allait bien. Sauf que ça n'allait pas du tout, et que je ne savais pas quoi faire. Zoey et Erin étaient restées pour s'assurer que j'allais bien, mais je ne pensais pas pouvoir un jour aller bien, parce j'étais une idiote. Une horrible idiote débile qui avait probablement perdu son meilleur ami pour toujours parce qu'elle lui avait montré ses seins.

Bon d'accord, je ne lui avais pas complètement montré mes seins, mais suffisamment. Et pas mal du reste de mon corps. Mon Dieu, je lui avais montré ma cellulite. Oui, j'avais de la cellulite. J'avais des rondeurs et probablement un grain de beauté ou deux sur mon dos. Et je lui avais tout montré. Plus que ce qu'un maillot de bain dévoilait en tout cas : la dentelle de mon soutien-gorge recouvrait à peine mes mamelons... et j'avais de très gros mamelons.

Oh mon Dieu. Je voulais mourir. Il suffirait que mon cœur lâche pour que tout s'arrange. C'était la seule façon de m'en remettre. Je n'avais plus eu de nouvelles de Tobey, qui savait maintenant à quoi je ressemblais pratiquement nue. Je m'étais littéralement jetée sur lui.

Et dire qu'il aimait quelqu'un d'autre. Qu'il avait quelqu'un dans sa vie. Mon Dieu.

— Je ne l'ai pas dit avec un accent écossais, si ? demanda Zoey, sceptique.

— Complètement, confirma Erin.

— Oh, eh bien, je regardais une vidéo en anglais sur deux femmes écossaises dans une voiture qui essayaient de traverser des inondations, et un camion est passé à toute vitesse et les a mises davantage dans la mouise. Alors, une des femmes a commencé à crier « Mais quel con » avec un accent écossais à couper au couteau.

— Tu crois que les Écossais portent aussi des kilts dans la vraie vie ou uniquement dans les romans d'amour ? demandai-je en regardant toujours mon vin.

Peut-être que si je continuais à le regarder, tout irait mieux.

Spoiler : ça n'allait rien arranger.

— Je ne sais pas. Je n'y ai jamais vraiment pensé, déclara Zoey en souriant. Mais c'est terriblement sexy. Je n'ai jamais vraiment regardé les femmes écossaises. Elles sont peut-être sexy aussi.

— Tu n'es pas sortie avec une Écossaise une fois ? demandai-je en souriant.

Ce n'était pas vraiment un sourire, plutôt un rictus qui n'atteignit pas mes yeux. Ou peut-être une de ces mimiques pour dire que tout allait bien et que je n'allais pas me jeter du haut d'un pont.

— Oui, pendant une journée. Elle était gentille, mais nos horaires ne collaient pas. Son frère m'a demandé aussi de sortir avec lui, mais je ne sors pas avec des frères et sœurs.

Comme mon amie ne sortait même pas du tout, ce n'était pas peu dire.

— Est-ce qu'elle t'a fait manger du haggis ?

demanda Erin d'un air bien trop innocent.

Il n'y avait rien d'innocent chez Erin. Elle sortait avec mon frère alors j'en savais quelque chose.

Trop de choses.

Des choses que je ne voulais vraiment pas savoir. Du tout.

— Non, j'ai essayé le haggis toute seule.

Erin frissonna de dégoût.

— On est allées dans un pub un jour et on a essayé, expliquai-je. Ce n'était pas si mal.

Erin me regarda avec consternation.

— Quoi ? demandai-je avant de baisser les yeux sur mon vin.

Voyant que mes problèmes n'avaient pas disparu, je me dis qu'autant le boire.

— Du haggis. Beurk.

— Bref, ne nous lançons pas à nouveau dans des suppositions sur la culture écossaise, et contentons-nous de penser au kilt dans la romance historique...

— D'accord, si ça peut t'aider à dormir, dit Erin en riant.

— Merci. Je vais faire de beaux rêves ce soir en pensant à de beaux hommes écossais en kilt. Et uniquement en kilt, dit Zoey en soupirant théâtralement.

Je savais qu'elle essayait de me faire rire, mais pas facile pour le moment. Et je me détestais pour ça, parce que c'était totalement de ma faute. Tout était de ma faute.

— En tous cas Tobey est un con.

— Vous voulez me le faire imprimer sur un T-shirt ou quoi ? leur demandai-je.

— Sûrement, répondirent-elles en même temps, avant de se regarder et de rire.

— Et ce n'est pas un con. C'est moi qui en suis une.

Je baissai les yeux sur mon verre et en pris finalement une grande gorgée. D'accord, je le descendis en entier. En fait, j'en bus les trois quarts.

Erin m'adressa un sourire triste et remplit à nouveau mon verre.

Voilà ce que j'appelais de vraies amies : pas de question et aucun jugement avant de remplir mon verre.

— Tobey est un con, mais pas toi, déclara Erin. Et je ne le traiterai plus de con après ce soir. Bref, il s'est comporté comme un idiot. Un abruti. Et il a été méchant.

— Comment ça, méchant ? demandai-je perplexe. Pourquoi ne pas m'aimer serait méchant ? Il n'est pas obligé de m'aimer. Ce n'est pas parce que je l'aime, que j'ai cru être *amoureuse* de mon meilleur ami, même s'il n'y avait clairement rien entre nous, que c'est une personne horrible. Ça veut simplement dire que je dois mieux lire les signes et ne pas faire ce genre de grands gestes, parce que c'était stupide. Oh merde, c'était tellement stupide.

J'enfouis ma tête dans mes mains et essayai de ne pas revoir la scène. Impossible ! Ça n'arrêtait pas de se rejouer devant mes yeux, et je savais que ça allait être un de ces incidents comme celui de la chaise à l'école, où j'allais y penser dès que je voudrais m'endormir. Ou en voyant ma vie défiler devant mes yeux en cas d'accident. Ou chaque fois que je serais nerveuse à propos de quelque chose, peu importe le moment.

Pas moyen de revenir en arrière.

— D'accord, je vois où tu veux en venir. Mais on va un peu décortiquer tout ça, déclara Zoey.

Erin hocha aussitôt la tête.

— Moi d'abord, dit-elle. J'en connais un rayon sur les idiots. J'en ai épousé un.

— Tu ne peux pas comparer Tobey à ton ex-mari.

— Non, mais il y a des similitudes.

— Et laisse-moi te dire qu'on a écrit des listes et qu'on les a coordonnées par couleur et tout le reste. Et puis on a laissé tomber parce qu'on ne voulait pas avoir l'air de te tomber dessus. Mais allons-y, ajouta Zoey.

— Oh. Alors, c'est comme une mission d'intervention ?

J'avalai une autre gorgée de vin avant de passer à l'eau. Je n'avais pas vraiment envie de me saouler devant elles, sinon je finirais par pleurer, ou geindre, ou me jeter à leurs pieds en les suppliant de tout arranger. Mais il n'y avait pas de solution. Il n'y avait pas moyen de faire disparaître ça. Ça resterait là pour toujours. Comme un grain de beauté impossible à enlever.

Ma honte. Mon erreur.

Apparemment, j'étais douée pour les commettre.

— Il ne t'a rien dit sur sa copine, dit rapidement Erin. Qu'est-ce que c'est que ce bordel ?

— Je ne sais pas, peut-être qu'il attendait une occasion spéciale ?

Je baissai les yeux sur mes mains. J'avais l'impression de me regarder enchaîner les mauvaises décisions. Pourquoi ne me l'avait-il pas dit ? Pourquoi ressentais-je une douleur si profonde en moi, comme si quelque chose me déchirait de l'intérieur ?

— Il ne te l'a pas dit, dit Zoey en sirotant son vin. Pourquoi ? Est-ce qu'il te le cachait ? Je comprends qu'il veuille garder certaines choses privées. On n'a pas besoin de tout se dire. Mais sur le fait de sortir avec quelqu'un qu'il affirme être son grand amour ? Quelqu'un à

43

qui il tient vraiment et qui serait son éternité ou une merde de ce genre ? Non, il aurait dû te le dire. Vous vous disiez tout.

— Pas tout. Je ne lui ai pas dit que je l'aimais.

— Mais tu as fini par le faire. Et comment est-ce qu'il n'a pas vu ça depuis tout ce temps ? C'est de la merde. Il devait le savoir !

— Ça veut dire que vous l'aviez tous vu ? demandai-je morte de honte.

— Tu le sais bien ma chérie, dit Erin en me prenant la main. Nous t'aimons.

— Ouais. Mais, apparemment, je suis une ratée qui aime quelqu'un qui ne l'aime pas en retour.

— Je pourrais aussi te parler de ma situation, mais on va éviter, me coupa Zoey.

J'ignorai sa remarque. On n'allait pas se lancer dans un débat sur le vide sidéral de la vie amoureuse de Zoey sinon on finirait toutes saoules. Je savais que mon amie en souffrait. Peut-être que c'était notre cas à toutes. Erin avait souffert aussi. Après tout, elle avait surpris son mari en train de coucher avec une autre femme... Baiser dans les toilettes pour être plus précise, mais peu importe.

Mais à présent elle était heureuse, amoureuse et en couple avec mon frère.

Même mon frère aîné, Dimitri, avait vécu un

divorce vraiment horrible qui s'était soldé par un bain de sang. Mais je m'égare. Il était heureux en ménage à présent, et lui et Thea dansaient pratiquement sur des nuages au milieu des arcs-en-ciel.

Tout le monde était heureux. Bon, peut-être pas tout le monde, mais le nuage noir était juste au-dessus de ma tête en ce moment, et c'était de ma faute.

— Je ne comprends vraiment pas pourquoi il ne t'en a pas parlé. Si cette personne compte autant à ses yeux, ils auraient dû le dire. Parce que toi aussi tu es importante pour lui, raisonna Zoey en me regardant.

Je soupirai.

— Je le croyais. Je n'y comprends rien.

— Nous non plus. Et c'est pour ça que c'est un con, déclara Zoey en grimaçant.

Elle regarda Erin, puis ajouta rapidement :

— Ou un crétin, un perdant. Je ne sais pas, mets le mot que tu veux. Un mot qui indique qu'il a caché quelque chose de très gros. Si gros à mon avis qu'il l'a caché exprès. Comme s'il ne voulait pas qu'elle sache pour toi.

— Ou pire, peut-être qu'elle savait pour toi et qu'il ne voulait pas avoir à gérer votre rencontre. Après tout, tout le monde n'accepte pas ce genre de relations entre hommes et femmes.

— Ça a déjà posé problème à plusieurs reprises par

le passé quand Tobey et moi sortions avec quelqu'un. Mais jamais entre nous. On a toujours réussi à le faire fonctionner.

Ça aidait probablement que je sois déjà amoureuse de lui à l'époque. Ou, du moins que je le pense. Peut-être que je m'étais trompée sur ce sentiment. Je ne savais plus rien, et le fait de tout remettre en question me faisait mal. J'étais vraiment fatiguée. Peut-être que le vin arrangerait mes problèmes... ce soir en tout cas.

— Je ne sais pas, mais c'est un peu louche, poursuivit Zoey. Je déteste ce qu'il t'a fait. Je déteste voir le doute et la douleur dans tes yeux. Oui, tu as décidé de lui parler de tes sentiments d'une manière amusante, mais il n'y a rien de mal à ça. On pensait tous que vous sortiez déjà ensemble de toute façon.

— Ben non.

— Je le croyais aussi, confirma Erin. Et je suis la plus récente dans le groupe. Bien sûr je te connais depuis un moment, mais nous n'étions pas aussi proches. On était tous certains que vous sortiez ensemble. Ou que vous aviez été ensemble et que vous aviez rompu ou quelque chose comme ça. J'ai cru voir de l'amour, de l'émotion... Donc, tu n'imaginais pas des choses. On l'a tous vu. Et Tobey se reposait tellement sur toi. Il était toujours là pour toi et vice versa.

— C'est ce que font les amis.

— Oui, mais pas comme vous deux. Vous étiez comme un vieux couple marié, ajouta Zoey. Alors je ne sais pas à quoi il pensait, mais... nous t'aimons, et nous sommes désolés que ce soit un con. Mais tu n'as plus le droit de culpabiliser. D'accord ?

— D'accord, mentis-je.

Elles savaient que c'était un mensonge, mais elles n'insistèrent pas et se levèrent pour m'étreindre. Je leur souris.

— Ça va s'arranger. On peut toujours être amis.

Le désespoir perçait dans ma voix, mais les filles acquiescèrent sans se regarder.

— Bien sûr chérie, répliqua Erin d'un ton empli de pitié, même si elle essayait de le cacher. Bien sûr.

Tobey devait rester mon ami. Je ne pourrais pas supporter d'avoir gâché ça aussi.

Je raccompagnai les filles à la porte avant de retirer mon pantalon. Je n'aimais pas porter des pantalons. Personne ne devrait être obligé d'en porter chez soi.

Je rangeai le vin, sortis le Don Julio et en pris deux shots de suite : pas besoin de citron vert avec la bonne tequila. Puis je mis de la musique.

Alanis Morissette m'aiderait à m'en sortir. Elle était la seule à le pouvoir : « *Jagged Little Pill* » est un hymne après tout. J'étais peut-être trop jeune pour comprendre

Carrie Ann Ryan

la chanson quand elle était sortie, mais c'était quand même un hymne.

Je mis la musique à fond, pris un autre shot et commençai à danser en sous-vêtements. Après tout, quel meilleur moment pour danser en sous-vêtements que lorsqu'on avait le cœur brisé et que votre monde s'écroulait ?

Je n'avais eu aucune nouvelle de Tobey. Il n'avait répondu ni à mes SMS, ni à mes appels. Oui, j'avais essayé de le contacter à plusieurs reprises, même si je savais que je passais pour une désespérée.

J'étais tellement mortifiée et j'avais tellement peur de le revoir. Mais en même temps j'avais besoin de le revoir parce qu'il fallait que tout s'arrange. Il représentait une part si importante de ma vie que je ne pouvais pas le perdre.

Je l'aimais. Mais il ne m'aimait pas. Il l'aimait, *elle*.

La tequila se mêlait à mes émotions et me rendait folle, mais je m'en fichais.

— « Would she go down on you in a theater, Tobey ? Would she ? Would she ? », m'écriai-je en reprenant les paroles et dansant.

Lorsque la musique s'arrêta net et que j'entendis quelqu'un se racler la gorge, je me figeai.

— S'il vous plaît, faites que ça ne soit pas Tobey,

48

faites que ça ne soit pas Tobey, s'il vous plaît que ça ne soit pas Tobey, marmonnai-je entre mes dents.

— Ce n'est pas Tobey, répondit une voix grave.

Je me retournai, les yeux écarquillés.

— Comment tu es entré ? criai-je à Tucker.

C'est là que je réalisai que j'étais en train de crier du Alanis Morissette, une bouteille de tequila à la main et dansant en sous-vêtements.

Oh super. Encore un homme qui me voyait en sous-vêtements à l'un des pires moments. Je devrais créer une feuille de calcul pour suivre ça. Peut-être tenir un journal ?

Ça pourrait même devenir mon truc – me mettre la honte en sous-vêtements devant les gens.

— Tu as laissé la porte ouverte, chérie.

— Je ne suis pas ta chérie.

Je rotai avant de prendre une autre gorgée de tequila directement à la bouteille. Je ne savais plus trop où j'en étais dans ma consommation d'alcool, mais comme j'avais deux Tucker en face de moi, je crois que j'avais plus qu'assez bu.

— Et c'est faux, dis-je en reniflant.

Ha, j'étais drôle. Si drôle. Mais aucun des Tucker ne riait. Au lieu de ça, ils me fixaient, les mains dans les poches.

Voyez-vous, Tucker était plutôt canon... pour un

meilleur ami de grand frère. Mais ce genre de pensées était tabou.

Et puis ce n'était pas mon genre. Mon genre, c'était de tomber amoureuse de mon meilleur ami.

Mais ça n'avait pas marché, hein ?

Soudain, Tucker fut devant moi, la bouteille de tequila me fut arrachée des mains, et je m'écroulai sur lui.

— Hé, arrête de me peloter.

— Tu marmonnes, mais je crois que tu viens de dire « arrête de me peloter », et ce n'est pas ce que je fais. Si mes mains sont sur ta taille, et que tu es appuyée sur moi, c'est parce que tu tanguais si fort que tu faisais un angle de quarante-cinq degrés.

— Pas vrai.

— Vu que tu le dis avec le hoquet, je vais répondre : si c'est vrai.

Il m'embrassa sur la tête et je soupirai en fermant les yeux.

— Tu sens bon.

— Je sais. Je viens de prendre une douche.

— Pourquoi ?

— Parce que j'étais à la salle de sport et que j'ai décidé de ne pas monter dans ma voiture dégoulinant de sueur ?

Je n'allais absolument pas penser à Tucker en train de faire du sport, tout en sueur...

— Pourquoi est-ce que tu es ici, Tucker ?

— Je voulais voir comment tu allais. Et je suis content de l'avoir fait, étant donné que tu dansais en sous-vêtements, les fenêtres ouvertes, la lumière allumée et la porte pas fermée.

— Oh, mon Dieu, dis-je, toujours écroulée sur lui, les yeux fermés.

— Ouais, « Oh mon Dieu ». Les filles t'ont laissée comme ça ?

— Pas vraiment. Mais je ne m'en souviens pas trop.

Mon estomac gargouilla à ce moment et je gémis.

— D'accord, bébé, on va te dégriser et te mettre au lit.

— Je ne vais pas au lit avec toi, Tucker. Premièrement, *beurk*. Deuxièmement, Devin te tuerait. Et peut-être moi aussi.

— Ça m'inquiète que le beurk te soit venu en premier.

J'essayai de faire un pas et vacillai. Tucker soupira et passa un bras sous mes genoux, l'autre sous mes épaules et soudain j'étais en l'air, enroulée autour de lui. Mon ancre.

— Hé, quand est-ce que tu es devenu si fort ?

51

demandai-je en tapotant son torse, son très *beau* torse, avant d'émettre un ronronnement.

Est-ce que je venais de ronronner ?

Oh mon Dieu. J'étais vraiment douée pour me ridiculiser.

— Bon, ça suffit.

Je savais qu'il se l'était marmonné à lui-même, mais je l'entendis quand même. En tout cas je croyais. Je n'étais plus sûre de rien.

Mon estomac gargouilla à nouveau. Cette fois, je plaquai ma main sur ma bouche. Tucker jura, posa la tequila sur la table et me conduisit à la salle de bain.

L'instant d'après, j'étais à quatre pattes devant lui, et pas de façon amusante. Non pas que ça puisse être amusant avec Tucker. Après tout... *beurk.*

Depuis quand je disais beurk ? Je n'avais pas douze ans. Mon Dieu, la tequila aggravait tout.

Les mains de Tucker étaient dans mes cheveux, mais encore une fois, pas de manière amusante. Il les repoussait de mon visage et passait son autre main sur mon dos pendant que je vomissais dans les toilettes.

Super, ce sentiment de honte était de retour. Quel désastre. Et c'était entièrement mon œuvre. Qu'est-ce qui n'allait pas chez moi ?

Je vomis tout ce que je venais de boire et manger. Y compris le délicieux fromage que Zoey avait apporté.

Merde, je n'arrivais pas à croire que je gaspillais du fromage. Et de la bonne tequila.

Si on doit vomir quelque chose, il faut que ce soit du rhum. Le rhum c'est ce qu'il faut vomir.

C'était du moins ce que j'avais appris.

Voyez-vous, papa était alcoolique et il buvait beaucoup. Tout ce que je savais sur l'alcool, je l'avais appris de lui.

Super... maintenant je ressentais de l'horreur. Et encore de la honte.

Je ne voulais pas boire pour oublier mes soucis. Je savais que ça n'y changeait rien. Après tout, ça n'avait jamais marché pour ce cher vieux papa. Et ça ne marcherait pas pour moi. Je n'allais plus recommencer. Promis.

— Je déteste ça, murmurai-je, les larmes coulant sur mon visage.

Tucker fut alors devant moi, attachant mes cheveux derrière ma tête et essuyant mon visage avec un gant de toilette. Il était si doué pour prendre soin des gens. Il l'avait toujours été.

Je savais qu'il n'avait jamais eu personne pour s'occuper de lui, du moins d'après ce que j'avais glané en écoutant les conversations. Il n'avait personne maintenant non plus. Mais il avait Devin. Et il nous avait nous.

Et il était là, à prendre soin de moi.

— Je sais que tu détestes ça, bébé.

— Je suis désolée, murmurai-je.

— Ne sois pas désolée. Tu as le droit de te saouler. Si ta porte et tes volets avaient été fermés, il n'y aurait eu aucun souci.

— Quelle idiote. Je suis tellement idiote.

— Non, tu ne l'es pas. Tu as le droit de prendre de mauvaises décisions. Tu ne conduisais pas et tu ne faisais de mal à personne. Donc, tout va bien. Un de tes frères aurait pu être là à tout moment si tu en avais eu besoin, et les filles viennent tout juste de te quitter. Mais je suis là maintenant. Nous sommes tous là pour toi. D'accord ?

Je secouai la tête et m'appuyai contre lui en soupirant.

— Je suis bourrée. Je suis dans les toilettes. Et je suis presque nue.

— J'ai remarqué.

— Je t'aurais bien frappé, mais je n'ai pas l'énergie.

— C'est la tequila.

— Je déteste ça, répétai-je.

— Je sais bébé. D'abord, je vais te donner de l'eau et de l'aspirine, et puis je vais te mettre au lit.

— Je n'aurais pas dû.

— Pas dû quoi ?

— Faire ce que j'ai fait. Je n'aurais rien dû faire. J'aurais dû laisser les choses telles qu'elles étaient.

— Tu marmonnes à nouveau, mais je pense que j'ai compris. Ce putain d'enfoiré n'aurait pas dû te laisser espérer. Mais je ne veux pas entrer là-dedans. Allons te mettre au lit, murmura-t-il en m'embrassant la tempe.

Il m'aida à me brosser les dents, ce dont je lui fus très reconnaissante même dans mon état d'ébriété. Puis il m'accompagna jusqu'à ma chambre.

Je m'éloignai pour retirer mon T-shirt, et l'entendis gémir. C'est alors que je me souvins que je ne portais pas de soutien-gorge.

Mais je lui tournais le dos, donc tout allait bien. J'espérais juste ne pas me souvenir de ça demain matin.

Je fouillai dans ma commode, trouvai un autre T-shirt et l'enfilai. Puis je saisis mon reflet dans le miroir... et pas seulement le *mien*. Derrière moi se trouvait Tucker, les yeux fermés, probablement parce que mes seins étaient bien exposés dans le miroir – mamelons durs et tout et tout.

Oh super. Je venais d'en montrer plus à Tucker qu'à Tobey.

J'étais vraiment sur ma lancée !

Je me retournai aussitôt pour me mettre au lit et faillis tomber. Heureusement, Tucker me rattrapa. Son corps était si dur et si chaud.

Je fermai les yeux et marmonnai quelque chose sans trop m'en rendre compte, et sentis alors le doux coton des draps sous mes mains alors qu'il me mettait au lit. Mais ensuite j'éternuai et mon front tapa contre le sien. Il jura et s'écroula dans le lit avec moi.

C'était peut-être drôle, mais j'étais trop fatiguée pour m'en rendre compte. À la place je roulai sur la surface très ferme mais chaude sous moi et m'endormis rapidement.

Chapitre Quatre

Tucker

Je me réveillai niché contre des courbes douces, et mon érection pressée le long de fesses rebondies et pulpeuses.

Merde.

Je savais que j'aurais dû soulever Amelia de moi après qu'on soit tombés dans le lit, mais je n'avais pas pu. Elle était si chaude et douce, et ma tête me faisait un mal de chien après qu'elle que sa tête ait cogné la mienne.

La nuit dernière avait été un enchaînement de complications. Après avoir arrêté de rire quand elle s'était évanouie sur mon torse, j'avais essayé de la pousser et de me dégager. Mais quand elle s'était accrochée dans son sommeil d'ivresse, je n'avais plus eu envie de la déplacer.

Elle avait gémi et glissé dans une inconscience plus profonde, et j'avais soupiré en m'endormant près d'elle. Probablement pas la meilleure des idées, mais je n'avais pas pu m'en empêcher.

Difficile visiblement de faire de bons choix quand il s'agissait d'elle.

Mieux valait ne pas y penser.

Je passai ma main sur sa hanche, et décidai que c'était un geste inconscient. Je ne faisais absolument pas exprès, sinon ça aurait fait de moi une mauvaise personne. Un lubrique même.

Quand ma main glissa jusqu'à sa taille, je m'arrêtai en retenant un gémissement.

J'eus un mal fou à m'arrêter, mais je réussis. Je résistai. Pas si lubrique finalement, hein ?

Je m'éloignai et essayai de déplacer mon entrejambe de la zone de son postérieur. Sauf que quand je le fis, elle se recula et se pressa encore plus fort contre ma queue déjà bien dure.

Évidemment.

Ça donnait une idée de la journée qui m'attendait.

Je veux dire, tant qu'à faire, pourquoi ça ne deviendrait-il pas encore plus gênant ?

Je soupirai et restai allongé en espérant qu'elle se réveille pour qu'on puisse oublier tout ça. Parce qu'il fallait vraiment qu'on oublie tout ça.

Ce n'était pas la première fois que je me réveillais dans le lit d'une femme, même si j'essayai de ne pas le faire souvent. D'habitude, je partais pendant la nuit ou du moins avant qu'on commence à faire la cuillère comme Amelia et moi en ce moment.

En tout cas je ne pensais pas avoir déjà dormi avec une femme. Je veux dire, pas toute la nuit, et pas sans avoir fait quelque chose avant.

Ça avait été la nuit des grandes premières.

Première fois que je voyais Amelia nue – du moins à ce point. La première fois que je la voyais aussi ivre.

Première fois que je lui tenais les cheveux pendant qu'elle vomissait.

Première fois que je brossais les dents d'une femme.

Première fois que je dormais dans le même lit qu'une femme sans avoir eu de rapports.

Oh, et avais-je mentionné que c'était la première fois que je voyais Amelia nue ?

J'avais envie de le crier sur tous les toits : j'avais vu Amelia Carr presque nue.

Il est vrai qu'elle ne l'avait pas fait exprès, mais je n'arrêtais pas de voir ses seins parfaits... De si beaux nichons.

Des mamelons parfaits.

Elle ne s'était pas rendu compte de son reflet dans le miroir. Du moins pas au début. Et je n'avais rien dit. J'irai probablement en enfer pour ça. Bien sûr, j'avais fermé les yeux, mais pas assez vite. Parce que j'avais vu ses seins. Ils étaient fermes, hauts et ronds. Avec des mamelons roses, durs et dressés. Soit elle avait froid, soit elle était excitée. Ou peut-être juste ivre. Je l'ignorai, mais je n'avais pas trop regardé. Du moins, j'avais essayé.

J'adorais les tétons. J'appréciais toutes les couleurs : foncé, clair, marron, beige, rose, rouge. J'adorais toutes les variantes.

J'étais un homme à seins. C'était comme ça. Oui, et j'étais également un enfoiré. Et plus je pensais aux courbes d'Amelia, plus je savais que j'irais en enfer.

Je ne pouvais pas m'empêcher de penser à ses seins si parfaits. Assez gros pour me remplir les mains, mais que je pourrais aussi presser et malaxer pendant que je glisserais mon sexe entre eux pour les baiser.

Merde, il fallait que j'arrête d'avoir ce genre d'idées.

Parce que plus je pensais à ça, plus il y avait de chances que je me presse contre elle et que j'ondule lentement contre ses fesses jusqu'à me glisser dans sa chaleur humide.

Non, je devais arrêter.

Je retins un gémissement et essayai de penser à des choses grossières. Le baseball. Le baseball pouvait me calmer. Je n'aimais pas le baseball.

Et ma grand-mère ? Non, ça ne marcherait pas. Je ne l'avais pas vraiment connue. Je pourrais penser à la grand-mère de quelqu'un d'autre, mais ça n'aiderait pas non plus.

Les testicules. Ouais, je pourrais penser aux testicules. C'était un peu dégueu. J'aimais bien les miens, mais ils étaient tout ridés et bizarres.

Oui, des testicules.

Sauf que maintenant, je pensais aux testicules et à ma queue, et au fait qu'elle était dure et pressée contre ses fesses, et que je ne voulais rien d'autre que me glisser à l'intérieur.

Pas même dans sa chaleur humide, mais dans ses fesses, parce que je voulais la baiser comme ça aussi.

Il fallait vraiment que j'arrête.

Pourquoi n'avais-je jamais fait attention à son corps avant ? J'avais bien dû le remarquer quand même. Comment avais-je pu passer à côté de courbes pareilles ?

Elle avait cette forme de sablier qui réclamait des mains d'homme. Qui réclamait *mes* mains. Et ma bouche.

Non, je n'allais pas partir dans cette direction, même si j'en mourais d'envie.

Bien sûr, il y eut ensuite tout un lot d'idées sur les choses coquines que je lui ferais pendant qu'elle m'en ferait d'autres. Mais ça n'allait pas arriver. Ça ne se pouvait pas.

Si je n'avais pas remarqué ses courbes avant, c'était parce que je ne devais pas. Et puis elle portait généralement des vêtements de travail et était le plus souvent couverte de terre. Je l'aimais couverte de terre. Ça montrait qu'elle travaillait de ses mains, et je savais qu'elle était sacrément douée dans ce qu'elle faisait.

Douée pour le sale. Le crade. La sueur.

Mauvaise direction pour mes pensées.

Je l'avais déjà vue en maillot de bain, donc je savais qu'elle avait des courbes, mais je n'y avais pas fait attention. Non, je m'étais dit de ne *pas* y faire attention.

Parce que si je les avais remarquées, j'en aurais eu envie.

J'aurais eu envie *d'elle*.

Et je ne pouvais pas. C'était la petite sœur de mon meilleur ami. Devin ne se contenterait pas de me tuer : il me castrerait et me ferait d'autres choses horribles.

Pas parce que c'était un surprotecteur idiot, mais parce qu'il me connaissait. J'étais sympa avec les femmes, j'étais super même, gentil comme tout, mais je n'étais pas sur le marché des célibataires. Je savais ce qui arrivait quand on tombait follement amoureux de quelqu'un : on finissait par se marier et avoir des enfants même si c'était une erreur. On faisait des choses stupides qui vous tuaient et envoyaient votre enfant en famille d'accueil.

Et ce gamin souffrant d'asthme et de terreurs nocturnes résultant d'une époque où ses parents étaient toujours saouls et défoncés, se retrouvait en famille d'accueil jusqu'à l'âge de dix-huit ans. Parce que personne ne voulait d'un enfant avec des frais médicaux élevés et des terreurs nocturnes.

Oui, c'est ce qui se passait quand on restait coincé avec une femme alors qu'on n'était pas ce genre de personne.

Je n'étais pas du genre infidèle, je n'étais jamais sorti avec plus d'une femme à la fois, mais je n'avais pas besoin de ça.

J'étais bien comme j'étais.

Et si je continuais à me le répéter, je finirais peut-être par m'en persuader.

Les parents de Devin n'avaient pas été meilleurs. La mère de Devin avait souvent été infidèle, si je me souvenais bien des diatribes ivres de Devin quand on était à l'université et qu'on se saoulait à la bière bon marché et à l'alcool de grain.

Étant donné que le père de la fratrie Carr s'était saoulé jusqu'à la mort, on ne se saoulait pas si souvent non plus. Cependant, il y avait eu une fois avec l'alcool de grain... Plus jamais.

Je retins un frisson alors que mes mains se resserraient sur la taille d'Amelia.

Il fallait que je sorte de ce lit.

Le problème, c'était qu'au moment où je le ferai... elle se réveillerait et tout changerait.

Non, rien ne changerait. Je ne le permettrais pas.

Tout irait bien.

Avant que je puisse continuer à y réfléchir, elle laissa échapper un gémissement. Je me figeai.

Ma main était toujours sur sa taille, ma queue toujours pressée contre ses fesses. Peut-être qu'elle ne le remarquerait pas. Peut-être penserait-elle que c'était la trique du matin. Peut-être que je le devrais, moi aussi. Oui, c'était tout à fait ça. Ce n'était pas des pensées inappropriées qui sévissaient dans mon cerveau en ce moment.

— Tobey ? demanda-t-elle d'une voix semblable à du papier de verre.

Cool. Rien de tel pour bien vous remettre les idées en place. Mais logique après tout. Bien sûr qu'elle pensait que c'était Tobey qui avait sa queue sur elle. Sûrement pas moi. Amelia et moi n'étions même pas de très bons amis. J'étais le meilleur ami de Devin. Amelia était juste là. Tout comme moi.

Je m'éclaircis la gorge et retirai lentement mon sexe ramolli de son dos. Entendre la femme pour qui vous aviez des pensées grivoises prononcer le nom d'un autre homme n'était vraiment pas excitant.

Et oui, j'étais un connard. Un titre bien mérité.

— Pas Tobey, dis-je en essayant d'avoir l'air joyeux et bien réveillé.

J'allais bien. Tout allait bien.

— Tucker ? demanda-t-elle, figée contre moi.

— Ouais. Tu t'es endormie sur moi, et après je suis tombé dans les pommes. Désolé.

Je roulai sur moi-même et me levai du lit. J'étais toujours habillé, même mes chaussures. Ça allait bien se passer. Elle s'en remettrait, tout comme moi, et on n'en parlerait plus. Et on ne dirait rien à Devin. Avec un peu de chance, il n'était pas passé en voiture devant la maison parce que la mienne était garée juste là. Mon Dieu. Est-ce que ça ne serait pas une conversation passionnante si ça se produisait ?

— Oh mon Dieu, s'exclama-t-elle en s'asseyant, le débardeur de travers de sorte qu'un de ses seins était visible et pointait vers moi son petit mamelon.

Oh bordel, pourquoi est-ce qu'elle compliquait tout ?

Je fermai les yeux et fis un geste de la main vers sa poitrine après m'être éclairci la gorge.

— Tu ferais mieux de... euh, arranger ça.

Elle baissa les yeux, ou du moins je pense qu'elle le fit – je n'en savais rien puisque mes yeux étaient fermés.

— Alors là, c'est le pompon, dit-elle en riant.

Je l'entendis repousser les draps, puis elle rit à nouveau.

— Tu peux ouvrir les yeux maintenant.

Elle était debout, parfaitement couverte, et en short. J'ignorai où elle l'avait trouvé, mais au moins elle était entièrement habillée.

Elle regarda alors mon visage, les yeux écarquillés.

— Tu as une tache rouge sur le front. C'est moi ? demanda-t-elle avant de se frotter la tête et de grimacer.

— Oui. Tu m'as donné un coup de tête en éternuant. C'est comme ça qu'on a tous les deux fini comme tu le sais. Mais je vais bien. Et tout est OK. Non ?

— Je pense que oui.

Elle avait l'air si perdue que je me sentis mal. Je fis alors le tour du lit et lui ouvris les bras. C'était bien la preuve que tout irait bien. Pas besoin de se prendre la tête avec ça.

— Viens ici, et raconte à tonton Tucker.

Pas du tout flippant comme remarque.

Elle parut méfiante mais s'avança quand même pour passer ses bras autour de ma taille. Elle posa sa tête sur ma poitrine et laissa échapper un soupir. Je la serrai dans mes bras, mais pas trop fort. Rien de gênant. Je ne voulais pas qu'elle se sente mal à l'aise, et je ne voulais certainement pas me sentir plus mal à l'aise que je ne l'étais déjà.

— Je suis désolée, chuchota-t-elle.

J'ignorai pourquoi elle s'excusait. Probablement un peu de tout et de rien.

— Tu n'as pas à t'excuser, dis-je en posant mes mains sur ses épaules et en la repoussant un peu pour voir son visage. Ça arrive. Tu te sens mieux ?

— J'ai mal à la tête.

— Bah, ça faisait beaucoup de tequila. Tu as pratiquement bu toute la bouteille. Je t'ai donné de l'aspirine, mais tu vas avoir la gueule de bois aujourd'hui. Mais c'est pas grave. Tu as le droit de ne pas être toujours au top.

— Je suis désolée que tu aies eu à t'occuper de moi.

— C'est normal, Amelia. Nous sommes une famille.

Je souris en disant cela, sachant que je venais d'avoir des pensées très peu familiales à son sujet. Mais je n'allais pas y penser, sinon ça deviendrait encore plus gênant.

— Si tu le dis. Mais je ne pense pas que je pourrais un jour te regarder à nouveau en face.

— Tu es face à moi en ce moment, dis-je en déposant un léger baiser sur ses lèvres avant de sourire. Maintenant, va prendre une douche et va travailler. Tu as des choses à faire, jeune fille. Et moi aussi. Ça va aller. Ne pense plus à ce connard.

— Tout le monde n'arrête pas de l'insulter.

— Parce qu'on t'aime. C'est comme ça. Maintenant, file. Au boulot.

Je la poussai vers la douche puis sortis de sa chambre sans un regard en arrière, sinon, je me serais mis à l'imaginer sous la douche. Et je ne devais vraiment pas faire ça.

Je rangeai rapidement le bordel de la veille, puis je me dirigeai vers ma voiture, sachant que je devais me dépêcher si je voulais arriver à l'heure au travail. Les gens comptaient sur moi et je devais mériter cette confiance. Surtout en tant que radiologue, il ne fallait pas que je débarque en sentant le vomi et la tequila.

Mais je savais très bien que je ne sentais rien de tout ça. Je sentais son odeur... ce qui était encore pire.

J'espérais qu'elle irait bien. Mais même si ce n'était pas le cas, elle avait d'autres personnes pour s'occuper d'elle.

Pas besoin que ce soit moi cette personne.

Heureusement, je n'habitais pas trop loin, d'où la raison pour laquelle j'avais eu l'idée de faire un crochet par chez elle.

Rétrospectivement, ça *avait* été une bonne idée

parce que je l'avais aidée. Mais je me demandais quand même ce qui m'avait pris. Peut-être parce que tout le monde avait semblé si inquiet et empli de pitié. Je détestais la pitié. En tant qu'orphelin, j'avais inspiré suffisamment de pitié tout au long de ma vie. Et tout le monde avait regardé Amelia avec une pitié similaire, ce qui m'avait déplu.

Donc, je voulais être là pour elle, pour veiller sur elle. Et sans la regarder de haut, parce que je n'étais en rien supérieur. Je voulais seulement l'aider à passer à autre chose, même si ce n'était peut-être pas vraiment mon rôle.

Dormir dans son lit, pressé contre elle n'était pas prévu, bien sûr, mais à cheval offert, on ne regarde pas les dents. Non pas qu'elle soit offerte. Ce n'était pas possible.

Bien sûr, en entrant dans la douche, ma queue s'est montrée d'un avis différent.

Tout allait bien. Je n'allais pas trop y penser. J'allais juste me laisser porter par tout ça.

Le faire une fois n'était pas si grave.

Je me savonnai rapidement et pris la base de mon sexe dans ma main. J'imaginai Amelia avec moi, ses seins fermes pressés autour de ma queue alors que je glissais lentement entre eux et que mon gland touchait ses lèvres pleines.

Je pousserais lentement, une, deux, trois fois. Et puis ses lèvres s'ouvriraient et sa langue sortirait pour me lécher.

Je faillis éjaculer à la simple pensée de cette bouche chaude m'enveloppant.

Et puis elle ouvrirait davantage la bouche, et je glisserais mon sexe un peu plus fort entre ses seins, directement dans cette bouche ouverte et consentante.

Elle gémirait contre mon sexe tout en m'avalant profondément. Je serais trop grand pour elle, alors elle devrait enrouler ses mains autour de la base tout en remuant la tête. Mais alors je prendrais le contrôle. J'enroulerais ses longs cheveux autour de ma main et je tirerais. Elle grimacerait à la légère douleur, mais ensuite ça la ferait mouiller. Elle gémirait, ouvrirait un peu plus la mâchoire pour que je puisse bien lui baiser la bouche et glisser dans sa gorge alors qu'elle en prendrait encore plus... en voudrait plus. Elle enfoncerait ses ongles dans mes cuisses et mes fesses, me suppliant de lui en donner plus.

Et juste au moment où je serais sur le point de jouir, je me retirais complètement, me pencherais, la prendrais par les cuisses et l'enfoncerais sur ma queue – d'un coup rapide qui nous propulserait en orbite.

Et puis je la garderais sur moi, je la poserais sur le rebord que j'avais construit dans ma douche, et je la martèlerais fort et vite jusqu'à ce qu'on jouisse tous les deux et que l'eau refroidisse.

Rien que d'y penser : ses lèvres sur les miennes, sur ma queue, de nous toucher, je jouis. L'eau s'était refroidie, comme dans mon fantasme, et je me lavai rapidement avant de nettoyer le mur.

Je n'avais pas joui comme ça en me masturbant depuis un moment, et c'était un peu déconcertant. Mais c'était bien. Tout allait bien.

Je finis ma douche et me séchai, sachant que je devais me dépêcher si je voulais arriver à l'heure au travail. Je baissai les yeux sur mon téléphone, espérant qu'Amelia aurait envoyé un SMS disant qu'elle allait bien. Non pas que je veuille qu'elle m'envoie un SMS. Elle n'allait pas m'envoyer de SMS. Pourquoi le ferait-elle ?

Par contre je vis l'appel manqué de quelqu'un. Quelqu'un de mon passé que je n'avais pas vu depuis un moment.

Intéressant. Je n'avais pas revu Melinda depuis plusieurs années et je me demandai ce qu'elle voulait. Je savais juste qu'elle avait déménagé à l'autre bout de la ville. On avait arrêté de se voir après quelques nuits ensemble. Il n'y avait jamais rien eu de sérieux entre nous ; c'était juste pour s'amuser.

Elle n'était pas faite pour moi et moi non plus d'ailleurs.

Je haussai les épaules car elle n'avait pas laissé de message. Si c'était important, elle m'enverrait probablement un SMS.

Pas besoin de m'inquiéter. J'avais d'autres choses en tête. Et en premier lieu le travail – que j'adorais – et non Amelia. Ça ne pouvait et ne devait pas être Amelia Carr.

Chapitre Cinq

Amelia

Sur une liste des dix événements les plus embarrassants de la semaine dernière, je n'étais pas sûre de savoir où je classerais le truc avec Tucker par rapport à celui de Tobey. Tous deux étaient au moins à soixante-dix, mais lequel était le pire ?

Montrer ma marchandise et avouer mon amour à mon meilleur ami pour découvrir qu'il ne m'aimait pas ?

Ou être ivre au point de faillir vomir sur le meilleur ami de mon frère avant de me mettre à poil et m'endormir sur lui toute la nuit pour finir par l'appeler par le nom d'un autre homme ?

Qu'est-ce qui était le pire ?

Il n'y avait vraiment pas de réponse. Les deux étaient horribles et je ne voulais réfléchir à aucun.

À la place, j'allais me plonger dans le travail et mes projets.

Tout sauf penser à mes mauvais choix.

Ce que je voulais vraiment faire aujourd'hui, c'était sortir, transpirer et travailler. Je voulais être couverte de terre et faire avancer le boulot. Sauf qu'on approchait de Noël et que je vivais à Denver. Ce qui voulait dire de la neige et une terre aussi dure que de la glace. Mais pas grave, j'avais encore pas mal à faire étant donné que j'avais fait installer une serre sur ma propriété. Le gel n'allait pas me tuer.

Mais malheureusement, impossible d'être dehors et de laisser le soleil me caresser le visage. Parce que tant qu'il y avait du soleil, il faisait glacial. À tel point que mes os me faisaient mal à cette idée. Je n'étais même pas assez vieille pour avoir mal aux os mais c'était pourtant le cas.

Je ne pouvais peut-être pas travailler à l'extérieur, mais je pouvais travailler et transpirer dans ma serre et faire toutes ces choses qui me calmaient habituellement. Je pouvais du moins essayer.

J'enfilai donc mes bottes de travail, essayai d'ignorer

le martèlement dans ma tête et me dirigeai vers mon pick-up.

J'avais des choses à faire pour des clients, essentiellement de l'entretien de plantes qui n'avaient pas été hivernées à temps. Ces clients étaient habituellement sous contrat, mais certains décidaient de résilier pour faire les choses tous seuls. Même si je faisais de mon mieux pour bien leur expliquer ce qu'il fallait faire, certains n'avaient vraiment pas la main verte. Je les aidais donc à réparer les choses. Ça me convenait. Je leur enseignerais à nouveau, ou ils reprendraient leur contrat. Les plantes étaient la vie... littéralement. Parfois, les choses ne fonctionnaient pas comme on le souhaitait et on avait besoin d'un coup de pouce. Ou d'être un peu secoué. J'essayais de découvrir lequel c'était. En tout cas, si je me concentrais sur le travail, je stresserais moins sur tout le reste.

C'est du moins c'est ce que je me dis.

Parce que je ne voulais vraiment pas penser à Tobey. Ou Tucker. Apparemment, c'était ma malédiction de me ridiculiser devant des hommes dont le nom commençait par un *T*.

J'étais tellement idiote.

Non, je devais arrêter de me rabaisser. Les gens faisaient des erreurs et les surmontaient. Je m'en remettrai... un jour. Mais plus jamais de tequila par contre. Jamais.

Oui, c'était un dicton que les gens utilisaient sans vraiment le penser. Mais je ne boirai plus jamais de tequila. Du moins pas dans ces quantités copieuses. Parce que... mon Dieu.

— Il est temps d'y aller, me dis-je en me garant à ma place.

J'avais dépensé une jolie petite somme pour m'offrir ce petit coin de paradis, mais ça valait le coup.

J'avais l'immeuble principal où je pouvais recevoir les clients et où j'avais une petite vitrine pour montrer de quoi j'étais capable. Mais ma fierté et ma joie étaient ma serre et les zones de culture. Même en hiver, j'avais des choses à faire et de la terre où me rouler. Dès que je me serais bien sali et que j'aurais de la terre sous les ongles, je saurais que je pourrais recommencer à respirer et être capable d'enterrer toutes les merdes qui s'étaient passées.

« *Amelia Verdure* » était techniquement fermé pour la journée, et je n'avais pas de rendez-vous à moins d'une urgence. Je pouvais donc mettre mes écouteurs et *travailler* tranquillement.

La chaleur glissa sur ma peau alors que j'entrai dans ma serre. Les senteurs familières de plantes, de terreau, de fleurs, de verdure et de poterie emplirent mes narines et je souris.

C'était ma maison. Cet endroit allait tout arranger.

Et si ce n'était pas le cas ?

Eh bien, je ne boirai sûrement pas de la tequila pour essayer d'arranger les choses.

Je me plongeai dans mon travail pendant une bonne heure avant de faire une pause pour boire et consulter mes mails. Rien de particulier. En m'efforçant, je pouvais m'imaginer que je n'étais pas en train d'essayer d'oublier le reste du monde.

Pourtant chaque fois que je faisais une pause, chaque fois que je laissais mon esprit vagabonder, j'imaginais l'expression de Tobey, puis j'imaginais la tête qu'avait dû faire Tucker en me voyant ivre.

Je lui étais redevable.

Pas Tobey. Je ne savais pas quoi penser de lui. Mais j'avais une dette envers Tucker. J'avais agi comme une imbécile, et pris des risques, même en étant chez moi. Et il avait pris soin de moi.

Je devrais peut-être faire quelque chose pour lui, comme lui faire une tarte ou un truc de ce genre. Je savais cuisiner, pas aussi bien qu'Erin, mais c'était son boulot après tout.

Une fois chez moi, je lui cuisinerais quelque chose.

Comme j'avais presque fini, j'envisageais de me rendre à la supérette et d'acheter les ingrédients nécessaires. Et une fois fait, je n'aurais plus qu'à m'inquiéter de Tobey. Même si je n'avais pas la moindre idée de ce qu'il fallait faire.

Je retournai travailler encore un peu, puis rangeai et fis une petite liste mentale rapide de ce dont j'avais besoin. Je ne cuisinais pas souvent, même si j'avais les aliments de base, mais il me fallait de quoi faire une tarte.

Heureusement, j'avais des vêtements de rechange dans mon pick-up. Je me lavai rapidement dans la salle de bain de mon bureau – composée d'une douche et d'une baignoire – puis me tressai les cheveux, mis un bonnet pour ne pas m'enrhumer puisqu'il faisait encore très froid, et partis pour la supérette.

Mon téléphone sonna pendant mes courses alors que je me demandais si j'allais opter pour une tarte aux cerises ou aux pommes. Et une tarte pommes-cerises ? Je n'avais pas la recette mais je me dis que je pourrais en trouver une facilement.

Je regardai l'écran et essayai de ne pas grimacer.

Erin : *On passe bientôt chez toi. Il paraît que Tucker était là ?*

Zoey : *Oui, Tucker a dit à Devin qui a dit à Erin qu'il était venu après notre départ. Qu'est-ce qui s'est passé ?*

Oh super. Tucker ne pouvait pas fermer sa putain de bouche. Génial.

Moi : *Je suis à la supérette. Je serai chez moi dans un instant.*

Je n'en dis pas plus, mais je savais qu'il le faudrait dès que je les verrai.

Erin : *Tu ferais mieux d'expliquer.*

Ouais, j'allais devoir le faire. Mais expliquer quoi ? Que j'étais une idiote ? Que j'avais pris de mauvaises décisions ?

J'étais certaine qu'elles le savaient déjà.

Un peu découragée à l'idée de devoir bientôt revivre la nuit dernière, je me décidai pour une tarte aux pommes au lieu de chercher une nouvelle recette, puis passai à la caisse.

Comme la circulation était fluide, je fus chez moi avant Erin et Zoey, et commençai ma tarte.

J'avais décidé d'utiliser une pâte toute prête par manque de temps, et j'espérais qu'il ne le remarquerait pas où s'en ficherait. Ça ne serait pas entièrement du fait maison, mais ça irait. Peut-être que je lui ferais une vraie tarte une autre fois.

Avant que je puisse me lamenter davantage, la sonnerie retentit. Je soupirai : c'était l'heure.

Zoey et Erin étaient là, arrivées ensemble. Je plissai les yeux.

— Alors, ça va être l'inquisition ? demandai-je, un peu agressive.

Les yeux d'Erin s'écarquillèrent et Zoey recula d'un pas.

D'accord, je suppose que mon ton était plus qu'un *peu* agressif.

— Comment ça, « inquisition » ? demanda Zoey avec timidité.

— On était inquiètes pour toi.

— Entrez. Il fait froid dehors. Et vous n'avez pas à vous inquiéter pour moi. Je vais bien.

Je reculai d'un pas pour les laisser entrer. J'essayai de calmer mes nerfs. Je ne voulais pas être grossière ou agir comme une garce, mais j'étais fatiguée, et j'avais l'impression de cumuler les erreurs. Et je ne voulais pas les passer en revue avec mes amies.

Sauf qu'elles étaient mes amies. Je devais pouvoir tout leur dire, non ?

— Après votre départ, je n'ai pas fermé la porte. Quand Tucker est passé – je ne sais toujours pas pourquoi – il a vu que c'était ouvert et il est entré. Apparemment, j'avais bu un peu trop de tequila.

— Tu buvais du vin quand nous sommes parties. Pas beaucoup en plus. Tu es passée à la tequila ? demanda Erin.

Et c'était de retour : la pitié. Je détestais la pitié.

— Disons que j'ai eu une mauvaise journée. J'ai cru que la tequila était ce qu'il me fallait. Je ne risque pas de recommencer.

— Et il s'est passé quelque chose ? demanda Erin avec un léger espoir dans la voix.

Ce n'était pas une bonne chose. Il n'y avait rien entre Tucker et moi. J'en étais sûre et j'espérais qu'elles en seraient bientôt convaincues aussi.

— Non. Il s'est juste occupé de moi. Je n'arrive toujours pas à croire qu'il l'ait répété à mon frère.

J'avais grommelé la dernière partie en glissant la tarte dans le four, mais je ne manquai pas le regard qu'échangèrent mes amies.

— Eh bien, j'étais dans l'autre pièce quand il parlait à Devin. Il était venu déposer je ne sais plus trop quoi. Quoi qu'il en soit, je ne pense pas qu'il ait voulu lui dire. C'est plus que Devin lui a demandé ce qu'il avait fait la nuit dernière, et il en a parlé en passant. Ça ne paraissait pas du tout gênant. Mais je pense que personne ne veut cacher quoi que ce soit, tu comprends ? On est tous amis. On prend soin les uns des autres.

— Je sais. J'étais juste surprise.

Je n'allais pas parler de la partie nudité ou du fait qu'il avait dormi ici. Parce qu'apparemment Tucker n'en avait pas parlé, et ce n'était pas moi qui allais l'ouvrir.

— Je vais bien. Tucker voulait juste être sûr que je n'avalerais pas ma langue et il a emporté la tequila.

— Comme un bon ami, déclara Zoey. Tu vois ce que je veux dire, un ami te tend la tequila, et veille à ce que tu n'en abuses pas. Tu aurais dû nous dire que tu voulais boire des trucs forts. On aurait pu rester.

— Totalement. C'est parce que j'étais partie prendre un verre et que j'ai bu de la tequila que j'ai revu Devin, expliqua Erin. C'est un peu ma boisson.

Je souris et secouai la tête, avant de nettoyer la cuisine pendant que les filles m'aidaient sans que je leur demande. Je souris. J'aurais fait pareil pour elles. C'était bien qu'elles se sentent suffisamment à l'aise chez moi pour le faire.

Zoey était mon amie depuis un moment, mais nous nous étions rapprochées au cours des derniers mois. Je ne connaissais Erin qu'en passant à l'époque où on était enfants, mais maintenant qu'elle était avec mon frère, nous étions proches aussi.

Je passais aussi beaucoup de temps avec ma belle-sœur Thea, mais comme elle était à une heure de route, je ne la voyais pas autant que je l'aurais souhaité.

Il allait falloir que je leur rende bientôt visite d'ailleurs. Et bien sûr, que j'aille manger des gâteaux à la boulangerie de Thea. Le fait d'avoir deux pâtissières dans ma famille était un régal. Le tarte que je venais de faire – surtout si l'on considérait qu'elle était pratiquement toute faite vu que j'avais utilisé une pâte industrielle – ne serait jamais aussi bonne que les leurs. Mais ce n'était pas grave. Elle n'était pas pour moi de toute façon.

— Alors, tu as des nouvelles de Tobey ? demanda Zoey avec prudence.

Je retins une grimace avec la sensation qu'on me raclait le cœur. Mais ça irait. On serait bientôt à nouveau amis. On devait juste parler.

Un jour.

— Non. Mais ça va.

Je crois qu'on savait toutes que c'était un mensonge, mais personne n'allait le dire.

— Peut-être qu'il a besoin de te voir sortir avec quelqu'un, déclara Erin. Je sais que ce ne sera pas facile, mais quand tu seras prête, peut-être que sortir et t'amuser, non seulement t'aidera, mais l'aidera aussi à voir que tu en as fini avec lui.

— C'est une excellente idée. Je suis sûre qu'entre Erin et moi, on pourra te trouver quelqu'un.

Je savais qu'elles essayaient de m'aider, même si je ne voyais pas trop comment. Je ne savais ni quoi dire, ni quoi faire.

Mais ça irait. Il le fallait.

Cependant, la simple idée de sortir avec quelqu'un

d'autre que Tobey me faisait mal. J'avais besoin de lui parler et que tout aille bien, mais je ne savais pas comment m'y prendre.

— Peut-être, dis-je, sachant que ça n'avait pas l'air sincère.

Elles me laissèrent tranquille et on parla de tout et de rien ; de la tarte et du fait que je l'apporterai à Tucker plus tard en guise de remerciement. Oh, et la tequila. On en parla aussi.

C'étaient mes amies, des personnes sur qui je pouvais compter... tout comme je pourrais un jour compter sur Tobey à nouveau.

Je devais y croire.

Après le départ des filles, j'eus le pressentiment qu'elles allaient bientôt essayer de me trouver des rencards si je ne faisais pas attention. Je n'étais pas prête pour ça. Mais elles voulaient m'aider, alors elles s'accrochaient à la seule chose en leur pouvoir.

Je mis la tarte au frais et détachai mes cheveux pour les laisser retomber en vagues autour de mon visage. Je me maquillai rapidement et changeai de T-shirt.

Je ne me préparais pas nécessairement pour Tucker, mais comme je m'étais mise minable et qu'il m'avait vue à moitié nue la dernière fois, je voulais faire un effort. Je ne cherchais pas à être jolie pour lui. Pas du tout. J'essayais juste de l'être pour moi-même : afin de me prouver à moi-même et à lui que je n'étais pas une complète abrutie.

Je mis la tarte dans un sac de transport, celui que j'avais acheté à Noël une année, contente de l'avoir gardé, et me rendis chez Tucker.

Je n'avais même pas appelé ou envoyé de SMS pour voir s'il était là. Avec un peu de chance, je n'aurais pas à laisser la tarte geler sur son porche.

J'étais vraiment au ralenti en ce moment.

Je me garai dans son allée, même si je ne savais toujours pas s'il était là puisqu'il avait un garage fermé, pris la tarte et sortis de mon pick-up en réalisant soudain que je n'avais vraiment aucune idée de ce que j'allais dire.

Merci de ne pas avoir fait de commentaire sur mes seins.

Ah oui, c'est par là que je devrais commencer.

Je sonnai à la porte et attendis un peu, assez longtemps pour avoir peur qu'il ne soit pas à la maison.

Génial. Ça n'allait pas du tout être gênant. Laisser une tarte sur le pas de la porte, puis devoir envoyer un texto pour dire que c'était de ma part.

« *Merci d'avoir retiré la tequila, voici la tarte* ».

Tarte froide qui serait probablement immangeable et pratiquement achetée en magasin.

Mon Dieu, j'étais une loque. Pas étonnant que Tobey ne veuille pas de moi.

Bon, stop. Assez de m'apitoyer sur moi-même. On était encore amis. Je n'allais tout simplement plus être amoureuse de lui et j'allais remercier Tucker de m'avoir aidée dans une mauvaise situation. Tout allait revenir à la normale.

La porte s'ouvrit, et mes yeux se posèrent sur un torse très humide et très nu.

Nom de Dieu et de tout ce qui était saint, moite et délicieux.

J'avais dormi contre ce torse toute la nuit, pourtant je n'arrivais toujours pas à croire ce que je voyais : que des lignes dures et des muscles, et toute cette peau lisse prête à être mordue.

On aurait dit qu'il venait juste de sortir de la douche, ses cheveux retombant sur son visage avant qu'il n'utilise son bras pour les rejeter en arrière. Je ne pus m'empêcher de suivre les longues lignes de ses biceps qui se bombaient en même temps.

Je déglutis avec peine en évitant son visage, et mon regard glissa sur son corps, sur son torse musclé, son pack de huit – pas de six mais de huit ! – et le long de son torse.

Il avait ces lignes en V, celles que certains appelaient

la ceinture d'Apollon. Pour moi c'était la ceinture à lécher et à mordre.

Oh oui, c'était un corps « Viens voir par ici bébé ».

J'irai sûrement brûler en enfer, mais je ne pouvais détacher le regard de ses courbes, avec la ligne de poils qui menait à l'endroit où sa serviette reposait très bas sur ses hanches.

Si bas que j'eus un aperçu de sa cuisse musclée à l'endroit où la serviette s'était écartée.

Il ne l'avait même attachée : il la tenait avec la main !

Mon Dieu.

Je savais que le meilleur ami de mon frère était canon, mais je n'avais pas réalisé qu'il l'était à ce point.

C'était comme si tous les Chris des Avengers s'étaient réunis en une seule personne. Nue.

Oui, j'irai en enfer.

— Ça va, Amelia ?

Mes yeux remontèrent vers son visage, et je vis le rire.

— Je t'ai fait une tarte, dis-je en la lui tendant.

Il utilisa sa main libre pour me la prendre. Heureusement, il ne lâcha pas la serviette. Ça aurait été gênant.

Mais après tout, je m'étais déjà mise presque nue devant lui. C'était son tour.

Non, il n'y avait pas de tour.

C'était mal. C'était tellement, tellement mal.

— Tu m'as fait une tarte ?

J'acquiesçai rapidement.

— Oui. Et... merci pour la tequila. Je veux dire, merci de t'être occupé de moi après la tequila. De toute façon, il fait froid et tes tétons sont durs.

Je refermai aussitôt la bouche et il éclata de rire en rejetant la tête en arrière.

— Ouais, il fait tellement froid que mes tétons sont durs. Merci de l'avoir remarqué. Tu veux entrer ?

— Vraiment non.

Vraiment. Non vraiment pas.

— D'accord, merci pour la tarte. Tu n'étais pas obligée de faire ça.

— Si. Je vais rentrer chez moi maintenant. Mais merci encore. Sérieusement. Je ne sais pas ce que j'aurais fait sans toi.

— J'essaierai toujours d'être là pour toi.

Ses yeux devinrent sombres et son sourire se fit un peu doux.

— Tu es pratiquement ma famille, Amelia. Bien sûr que je serai là.

J'ignorai mon petit pincement au cœur au mot « famille ». Il faisait partie de la famille : c'était pratiquement le frère de mon frère. Et il y avait des règles à ce sujet.

N'empêche que j'allais probablement avoir des

pensées très obscènes à son sujet plus tard. Mais je n'y étais pour rien : il portait juste une serviette.

— Eh bien, j'y vais. Bonne chance avec ta serviette.

La honte m'envahit à nouveau et je courus vers mon pick-up, suivie par son rire. Je résistai à l'envie de lui faire un doigt. J'irai en enfer, mais autant rigoler en chemin.

Je m'efforçais d'écarter les images de ce qui se trouvait sous cette serviette tandis que je me garais dans mon allée – manquant presque d'emboutir la porte du garage.

Quelqu'un était sur mon porche. Quelqu'un que chaque fibre de mon être voulait voir, mais que je ne pouvais pas voir.

Je descendis lentement du véhicule en essayant de calmer mon rythme cardiaque et d'avaler la bile dans ma gorge. Pourquoi ma bouche était-elle si sèche ? Et pourquoi mes mains étaient-elles si humides ?

Tobey se leva, et enfonça ses mains dans les poches. Ses cheveux retombèrent sur son visage, mais il ne les repoussa pas, et il me fallut toute ma volonté pour ne pas le faire à sa place.

J'avais ce droit avant. C'était du moins ce que je *pensais*.

À présent j'avais clairement franchi une ligne, et j'ignorais si je pourrais un jour revenir en arrière.

— Tu es là, dis-je.

— Il faut qu'on parle.

Je hochai la tête.

— Oui. Et je te dois des excuses. Pourquoi est-ce qu'on n'entrerait pas ?

— On va parler maintenant, d'accord ?

Je hochai la tête fermement, le ventre serré.

— D'accord.

— Tu es toujours mon amie, Amelia.

— Tant mieux parce que je veux toujours l'être. Tu es aussi mon ami, Tobey.

— Tu seras toujours mon amie.

Il y avait un épisode de « *The Big Bang Theory* » où quelqu'un disait que le mot « *toujours* » ne sonnait pas systématiquement bien. C'était une de ces fois. Son « *toujours* » n'était pas bon signe.

— Oublions tout. Reprenons là où on en était avant tout ça.

En le voyant grimacer, mon cœur se brisa un peu plus. Un petit bout se détacha et je l'entendis tinter en tombant, comme du métal sur un sol carrelé, alors qu'il résonnait dans le trou caverneux de mon âme.

— J'ai besoin de temps.

Il déglutit avec effort et je le regardai droit dans les yeux, espérant qu'il n'était pas sur le point de briser ce qui restait de moi. Mais je devais me rappeler que c'était de ma faute. Tout était de ma faute.

— Beth aussi a besoin de temps.

Beth. D'accord.

— Tu lui as dit.

— Elle est tout pour moi, Amelia. Je devais lui dire.

— Je pensais que c'était moi qui étais tout pour toi.

Je n'avais pas voulu dire ça, et mes yeux s'écarquillèrent aussitôt. Il se contenta de me regarder avec cette même expression de pitié que j'avais trop souvent vue ces derniers temps, et que je détestais.

— Tu sais quoi ? Oublie que j'ai dit ça. Le temps. On prendra le temps qu'il faudra.

— Ça pourrait prendre beaucoup de temps. Beth est tout pour moi, et c'est différent maintenant avec toi.

Je souris et continuai à hocher la tête. Je ne pouvais rien dire. Qu'est-ce qui était si différent ?

Oui, je lui avais avoué mes sentiments, mais il ne m'avait jamais parlé d'elle. Pourquoi n'avait-il rien dit ? J'aurais pu nous épargner beaucoup de douleur.

Si elle était tout pour lui et que moi non, pourquoi ne m'en avait-il pas parlé ? Ni à qui que ce soit ? Et pourquoi cela faisait-il si mal qu'il ne l'ait pas fait ?

Il continua à me regarder, puis s'en alla. Il ne me toucha pas, ne dit pas un mot. Il ne me dit même pas au revoir.

Pourquoi ça faisait si mal ?

Et pourquoi avais-je l'impression d'avoir perdu mon meilleur ami ?

Je rentrai lentement à l'intérieur, refermai la porte derrière moi, puis m'assis par terre, le dos contre la porte.

Les larmes se mirent à couler et je me détestai pour ça. Je ne voulais plus pleurer. Je ne voulais plus ressentir cette pitié, surtout envers moi-même. Mais je ne savais pas comment me sentir autrement.

J'avais cru aimer mon meilleur ami. Mais si je m'étais trompée ?

Chapitre Six

Tucker

PARMI TOUTES LES RAISONS POUR LESQUELLES J'IRAI
en enfer, l'une d'elles était sans aucun doute le fait que
je ne pouvais m'empêcher de me réveiller tous les
matins la main autour de ma queue, suite à des rêves
torrides où il était question de la douce sœur d'un ami à
laquelle il m'était interdit de penser.

Je n'étais plus un adolescent, mais ma queue oui,
apparemment. Je pensais à Amelia dans mon sommeil,
et je faisais des rêves où on s'envoyait en l'air sur différents meubles de ma maison et de la sienne. Puis je me

réveillais soit prêt à jouir, soit ayant déjà éjaculé dans mes draps.

J'avais renoncé à dormir en pyjama à ce stade, car ça ne faisait que rajouter de la lessive. Mais d'un autre côté, je passais mon temps à laver mes draps.

C'était épuisant et j'avais en plus un métier.

Chaque fois que je voyais Devin, je priais pour qu'il ne devine jamais mes pensées lubriques à propos de sa sœur, et des choses terribles que je lui faisais chaque nuit dans ma tête.

Qu'est-ce qui n'allait pas chez moi ? Bien sûr, j'aimais les femmes et j'en avais connu beaucoup. Je n'étais pas totalement un queutard, mais je n'en étais pas loin non plus.

Je me protégeais, et j'aimais avoir des relations sexuelles.

J'aurais probablement pu sortir et me trouver une gonzesse si j'en avais besoin. Peut-être que je devrais le faire d'ailleurs. Ça détournerait peut-être mes idées d'Amelia.

Mais ce n'était vraiment pas évident quand je ne faisais que penser à elle.

Il fallait que je surmonte ça en étant l'homme que je devais être ; en étant son ami. Parce qu'à penser à elle autrement, je finirais castré par son grand frère. Peut-être même par Amelia elle-même.

Parce que oui, mon physique lui plaisait. Je le voyais bien. Difficile de ne pas le remarquer quand elle m'avait fixé avec ma serviette. J'avais eu du mal à ne pas bander devant elle.

Si elle avait continué à me fixer comme ça, je n'aurais pas pu cacher mon érection. Il faut dire qu'elle s'était pratiquement léché les lèvres.

Tout comme moi, quand elle avait retiré son haut.

La différence c'était qu'elle était ivre et ne savait pas ce qu'elle faisait.

Je n'étais pas un enfoiré... bon d'accord, si. Mais je n'étais pas un pervers sadique ou ce genre de choses. Donc je devais être son ami. Et c'était la raison de ma présence à la supérette pour lui faire quelques courses.

Devin m'avait dit l'autre soir qu'elle travaillait très dur en ce moment, et qu'elle se noyait dans le boulot plutôt que de parler de Tobey, ou faire face à ce qui s'était passé.

J'étais très content qu'elle ne parle pas de cet enfoiré parce que je lui aurais bien cassé la figure.

Qu'est-ce qui n'allait pas chez lui ? Je voulais bien qu'il n'ait pas compris qu'Amelia avait des sentiments pour lui, mais il avait caché une petite amie. Quand on commençait à cacher des trucs, c'est qu'il y avait une raison. Des raisons qui faisaient que Tobey n'était pas assez bon pour Amelia.

Carrie Ann Ryan

Donc, j'allais voir comment elle allait. J'avais la soirée de repos et je devais dîner, alors j'allais la forcer à manger de ma cuisine.

On était amis et on s'était déjà vus pratiquement nus. On avait dormi dans le même lit et je me disais qu'on avait passé le cap d'un nouveau genre d'amitié.

Le genre d'amitié où je pouvais lui faire goûter ma cuisine, en espérant qu'elle ne soit pas aussi effondrée que la dernière fois.

J'aurais bien aimé lui casser la gueule à ce Tobey.

J'ignorai les avances de la dame au rayon pâtes et celles de l'homme au rayon viandes – parce que ce n'était pas un cliché. Apparemment, c'était le moment de la soirée où tous les célibataires sortaient de chez eux pour essayer de trouver un rencard. Il faudrait que j'y pense la prochaine fois. Je pourrais peut-être trouver quelqu'un. Et ce ne serait pas Amelia. Nous étions amis bon sang.

Il fallait que j'arrête de rêver d'elle et de fantasmer sur ses mamelons excitants qui imploraient ma bouche. En me disant ça, je me mis à imaginer sa bouche sur mon corps alors qu'elle aurait repoussé la serviette de mes hanches pour se mettre à genoux. Non vraiment, ça suffisait. Je n'avais vraiment pas besoin de bander pendant que je conduisais.

Je me garai dans son allée et sortis mes courses du

96

coffre. Heureusement, je n'avais que trois gros sacs, mais comme c'étaient des sacs réutilisables qui pouvaient contenir beaucoup plus que ceux en plastique, j'avais peut-être exagéré. Mais Amelia avait besoin de provisions.

Je sonnai à la porte en me disant que soit je commettais une erreur colossale, soit c'était bien.

Je voulais que ça soit bien.

En voyant Amelia, je retins une grimace.

Ses cheveux étaient gras et attachés sur sa tête. Elle avait des cernes, et j'aurais juré qu'elle avait perdu au moins quatre kilos au cours des deux dernières semaines.

Elle portait un survêtement baggy, un débardeur sans soutien-gorge – putain elle et ses mamelons ! – et un sweat zippé qu'elle n'avait pas fermé. Elle ne portait ni chaussures, ni maquillage, et même si elle était belle, elle avait l'air épuisée... Et triste.

J'avais envie de la serrer contre moi et de lui dire que tout irait bien. Mais comme je ne pouvais pas le faire, j'allais au moins essayer de cuisiner pour elle.

— Tucker ?

Je souris et forçai le passage. J'aurais probablement dû attendre une invitation, mais j'avais peur qu'il n'y en ait pas. Et je devais prendre soin d'elle : elle avait besoin de manger.

— Je te prépare le repas.

— Excuse-moi ?

Je me contentai de sourire et de faire comme si tout était normal. Mais ce n'était pas normal du tout.

— Je prépare le dîner, répétai-je en posant les sacs sur le plan de travail.

— Pourquoi ?

— Parce que tu en as besoin. Il faut que tu manges, il faut que je mange, alors je m'y colle.

Elle croisa les bras sous ses seins, ce qui fit ressortir un peu plus la peau blanche et soyeuse du décolleté de son débardeur.

Bon sang. Cela n'allait pas arranger mes rêves.

— Parce que toi aussi, tu as de la peine pour moi ?

— Non.

C'était la vérité. Ce n'était pas de la peine ce que je ressentais. J'étais en colère, mais il n'y avait là aucune pitié. Je ne me sentais pas désolé du tout.

Elle avait besoin de quelqu'un, et j'étais là.

— Je ne te crois pas.

— Tu n'es pas obligée. Mais tu vas manger ma putain de cuisine.

— Ça donne envie.

— Je suis un cuisinier hors pair. Demande à toutes les femmes avec qui je suis sorti, rétorquai-je avec un clin d'œil.

Elle leva les yeux au ciel, mais je vis qu'elle était amusée. Parfois, un peu d'autodérision aidait à apaiser les tensions.

— Tu sais donc préparer le petit déjeuner ? demanda-t-elle.

— Le dîner, chérie. Elles ne passent jamais la nuit.

— Tu es un vrai queutard.

— Pas du tout.

— Ouais, ce n'est pas ce que dit Devin. Ni Caleb. Je pense que même Dimitri l'a mentionné.

— Visiblement, tes frères ont une très mauvaise opinion de moi.

— Mes frères t'adorent.

Je pris le temps de savourer cette parole, et souris. Ils étaient ma famille, et c'était agréable. J'allais faire en sorte qu'Amelia sache qu'elle aussi était aimée, même si je ne savais pas trop comment m'y prendre.

— En tout cas, peu importe que je cuisine bien ou pas, tu vas manger. J'ai prévu des pâtes aux palourdes avec une bonne sauce au vin.

— Oh, ça a l'air génial. Je ne mange jamais de palourdes parce que Dimitri est allergique.

— Oui, les allergies aux crustacés ne sont pas à prendre à la légère. Mais je me suis souvenu que tu n'étais pas allergique.

— J'adore les palourdes. Mais tu n'as pas à cuisiner pour moi. Ça va aller.

— J'ai déjà tout acheté. Je ne m'imposerai pas si tu ne veux vraiment pas de ma présence – je ne veux pas être insistant – mais j'aimerais que tu acceptes.

— Tu es à la frontière entre agaçant, attentionné, doux et bizarre, tout à la fois. Je ne sais pas comment tu fais.

— Ce n'est pas vraiment une frontière alors. Plutôt un carré. Ou un cercle.

— J'étais vraiment nulle en géométrie, déclara-t-elle en secouant la tête.

— Tu es architecte paysagiste. Comment veux-tu être mauvaise en géométrie ?

— Ça n'avait pas de sens quand c'était sur papier. La seule chose que je comprenais, c'était le trapèze.

— Comment ça le trapèze ? demandai-je en sortant les légumes du sac.

— Eh bien, mon professeur m'a appris qu'un trapèze était comme une boîte avec un couvercle, avec à l'intérieur, un extraterrestre appelé Èze. Et pour trapper Èze, il fallait le mettre dans la boîte et refermer le couvercle. Mais une fois fait, l'intérieur se repliait un peu. D'où le trapèze.

Je la regardai en clignant des yeux avant d'éclater de rire.

— C'est ridicule.

— Je sais. Mais je m'en suis souvenue à cause de ça. Et je sais que quand j'aurai des enfants, je les aiderai à apprendre ce qu'est un trapèze à partir de ça aussi. Mais non, je n'aimais pas la géométrie à l'école, même si j'adore ça maintenant. Enfin, je crois.

— Moi je te trouve brillante, juste pour que tu le saches.

Je lui embrassai le bout du nez et elle rougit en secouant la tête.

— Ouais, pas si brillante parfois. Mais merci d'être venu. Je suppose que je devrais sortir de la maison pour autre chose qu'aller au travail, mais je n'en ai pas envie, dit-elle en haussant les épaules.

— Tu n'as pas à sortir si tu ne veux pas. C'est normal que les autres viennent à toi. Je sais que Devin est occupé avec Erin. Je ne les ai pas trop vus ces derniers jours. Zoey aussi est occupée.

— Je sais. C'est parfois un peu difficile de savoir quoi dire à Zoey de toute façon.

— Comment ça ?

— À propos des relations. Je ne devrais pas trop parler de ça. Ce ne sont pas mes affaires, et j'ai peur que ça passe pour du commérage.

Je hochai la tête, et mis cette information de côté pour plus tard.

— Je comprends. Mais si tu veux en parler, je suis là. Maintenant, les sujets dont *nous* pouvons parler sont : les films *Avengers*, le boulot, les animaux, les plantes et la pâte à biscuits.

Devant ma rapide énumération, elle émit un petit reniflement.

— Drôle de liste.

— Je ne la trouve pas si mal pour une liste que je viens d'inventer.

— Je ne sais toujours pas pourquoi tu fais ça, dit-elle en se plaçant près de moi pour m'aider à laver les aliments.

— Je ne sais pas non plus, murmurai-je.

Elle poussa un soupir et posa sa tête contre mon bras.

— C'était mon ami, Tucker. C'est avec lui que je faisais ce genre de choses. Et maintenant, j'ai peur de ne plus jamais pouvoir le refaire.

J'ignorai sa comparaison.

— Ouais ben, ton pote était un con.

— Non, pas du tout.

Mais ses paroles ne semblaient pas vraiment sincères, comme si elle n'y croyait plus vraiment.

— Si, c'était un con. Mais maintenant ça sera moi, ton ami. Compris ?

— Euh non. Tu ne peux pas t'autoproclamer mon

ami. Bien sûr qu'on est amis, mais tu ne peux pas prendre ce poste.

— Trop tard. Tu devras t'y faire.

Elle me lança un drôle de regard et secoua à nouveau la tête.

— Je ne te comprends pas, Tucker.

Je remplis une casserole d'eau pour les pâtes, puis me tournai vers elle.

— Parfois, je ne me comprends pas non plus. Mais c'est comme ça que je fonctionne. Je me suis en quelque sorte inséré dans la vie de Devin quand on était jeunes, et regarde comment ça a tourné.

— Tu as fait ça ? demanda-t-elle en m'aidant à hacher les tomates.

— Oui. Je ne me souviens même pas comment ça a commencé, mais il a tellement traîné avec moi à l'école qu'on est devenus amis. Le jour où il m'a invité chez vous, je ne voulais plus repartir.

Amelia renifla.

— Tu ne voulais pas quitter notre maison ? Tu ne te souviens pas des cris ?

Je lui serrai brièvement l'épaule avant de retourner à ma cuisine sans la regarder.

— Si. Mais tes parents étaient plutôt sympas quand j'étais là.

— Au début, parce que tu étais un invité. Et puis tu

ne l'étais plus, et tu es devenu pratiquement un des enfants. Et il fallait bien qu'on te nourrisse, alors ça énervait papa, expliqua-t-elle. Mais Dimitri a toujours fait en sorte que ça se passe bien. Il était tellement plus âgé que ça ne semblait pas étrange. Je veux dire, c'était pire pour les autres, je pense. Mais moi j'ai eu mes grands frères pour s'occuper de moi.

— Tu as une famille formidable. Et elle ne fait que grandir à mesure qu'ils se marient.

— N'est-ce pas ? J'aurais aimé que les choses soient différentes avec mes parents, mais on ne peut pas revenir en arrière.

— Tu prêches un converti, dis-je en faisant revenir l'ail.

— Au moins j'avais mes frères, et mon père est resté jusqu'au bout, tu comprends ?

— Je comprends. Mes placements en famille d'accueil n'étaient pas toujours si mal. J'ai trouvé de bons foyers quand j'étais petit, puis j'en ai eu une décente pendant un certain temps. Mais personne ne voulait d'un enfant souffrant d'asthme – les factures médicales et tout ça. Et puis je faisais de sérieuses terreurs nocturnes.

— Je ne m'en souviens pas.

— Je l'avais raconté à Devin, mais il sait garder mes secrets.

— Mes frères sont les meilleurs.

— Ouais.

Il fallait que je m'en souvienne si je voulais continuer à traîner avec Amelia comme ça.

— Alors, ces terreurs nocturnes ?

Je sortis de ma rêverie et lui souris.

— Juste des rêves agités. Je ne me souviens même pas de quoi ça parlait. Je continue à avoir des rêves agités, comme quand j'étais enfant.

— Vraiment ? Ils font peur ?

Je n'aurais probablement pas dû mentionner ces rêves.

— Parfois.

Parfois, ils ne faisaient pas peur du tout. Mieux valait changer de sujet.

— Alors, tu aimes l'ail ?

— J'adore l'ail. Mais je suis vraiment contente qu'on ne sorte pas ensemble et qu'on soit qu'amis, parce qu'on n'est pas censé manger de l'ail quand on sort avec quelqu'un.

J'arquai un sourcil.

— Oh, je t'assure que si on sortait ensemble, je pourrais manger tout l'ail du monde, et que tu me supplierais quand même de t'embrasser.

Je le dis tellement sur le ton de la plaisanterie qu'elle leva les yeux au ciel.

— Petit problème d'ego ?

— Tu sais bien. Mais mange autant d'ail que tu veux. Je promets de garder ma bouche loin de toi.

— Tu es si magnanime, dit-elle en me tendant une autre gousse d'ail.

— J'essaie.

Et j'essayais vraiment. J'essayais d'arrêter de penser à Amelia comme je le faisais. Si on continuait dans cette voie, avec cette amitié nouvelle version, ça pourrait marcher. Parce qu'Amelia avait besoin de stabilité et d'amis.

Et que je n'avais certainement pas besoin de complication en désirant la sœur de Devin.

Chapitre Sept

Amelia

DES MAINS GLISSÈRENT SUR MES HANCHES, lentement, méthodiquement, avant de courir le long de mon corps pour prendre mes seins dans ses paumes. Des pouces calleux effleurant mes mamelons durs. Je cambrai le dos, en voulais plus. Il m'en fallait plus.

J'écartai les cuisses pour le laisser s'enfoncer en moi, son bassin pressé contre le mien. Mais il n'en fit rien et à la place continua à jouer lentement avec moi, me conduisant à la folie.

Je le suppliai.

Il abaissa la bouche et sa langue se pressa fermement

contre mon mamelon avant de le sucer. Il s'occupa des deux sans jamais laisser aucun refroidir.

Le corps douloureux, je m'arquai pour lui. Je voulais me toucher, me donner un orgasme, ou saisir son sexe et le guider vers mon intimité. Je le voulais en moi.

J'avais besoin de lui.

Mais il avait attaché mes bras au-dessus de ma tête, au fer forgé de mon lit. Il avait apporté lui-même les cravates en soie – si prévenant. Puis il avait utilisé une autre cravate pour couvrir mes yeux et me conduire dans ce nouvel exercice de confiance.

Il avait été si doux, si gentil, et pourtant si exigeant. Je l'avais laissé me déshabiller et me couvrir de son corps pendant qu'il me lapait et me léchait entre mes jambes.

Quand il leva la tête, je l'entendis claquer ses lèvres et je souris.

Mais soudain il me transperça avec deux doigts, et je criai son nom. Je le criai, mais je ne m'entendais pas.

Avais-je crié ou seulement gémi ?

Je ne pouvais pas le voir, mais je pouvais le sentir. Son souffle sur mon cou, mes seins, puis entre mes jambes alors qu'il me léchait à nouveau, suçant, mordillant et jouant avec mon clitoris. Quand je jouis pour lui, il s'enfonça en moi d'une poussée rapide qui envoya des ondes de choc à travers mon corps. Mes mamelons n'avaient jamais été aussi douloureux.

J'en voulais plus, je voulais qu'il me baise fort jusqu'à ce que je crie son nom encore et encore.

Tucker. Tucker. Tucker.

J'ouvris les yeux, mes mains entre mes jambes, ma culotte disparue et mes draps en boule au bord du lit.

— Mon Dieu, m'exclamai-je en retirant mes mains.

Mon clitoris était comme un nœud dur, mon sexe gonflé de désir, mais je refusai de jouir. Je ne me donnerai pas un orgasme en rêvant de Tucker Reinhard.

C'était le meilleur ami de mon frère ! Oui, il m'avait vue pratiquement nue, et je l'avais vu pratiquement nu aussi. Mais je ne ferai pas de rêves orgasmiques à son sujet, merci beaucoup.

Je retrouvai ma culotte entortillée dans mes draps, et m'essuyai les doigts en essayant de ne pas me sentir trop embarrassée d'avoir mouillé comme ça en rêvant de lui.

Il ne s'agissait probablement même pas de Tucker : c'est simplement le dernier mec auquel j'avais pensé avant de m'endormir, parce que j'avais repensé au dîner. Et non pas à coucher avec lui !

Je n'allais pas coucher avec Tucker. Jamais.

Tout allait bien. Je ne perdais pas la tête et je ne voulais pas de lui. Ce n'était qu'un rêve étrange. D'ailleurs c'était probablement l'un des Avengers ou des deux Chris. Je préférais Marvel à DC, comme tous mes amis, mais c'était parce que Marvel faisait les meilleurs films.

Et si je continuais à penser à Marvel et à Chris Evans contre Chris Hemsworth, je ne stresserais pas d'avoir fait un rêve étrange à propos de Tucker Reinhard.

Parce que je ne referais plus jamais ce rêve, merci beaucoup.

Je n'avais pas joui, mais mes mamelons douloureux et mon cœur tambourinant comme si j'étais au bord d'un gouffre, semblaient se moquer de moi.

Évidemment, rien qu'en pensant à lui, je faillis jouir. Merde alors. Ce n'était pas lui. Ce n'était qu'un rêve et j'avais été la seule à le faire. Tucker avait beau dire qu'il couchait à droite et à gauche, aucune femme ne restait.

Peut-être qu'il était nul au lit.

L'absence de femmes autour de lui devait bien être la preuve qu'il était totalement nul, non ?

Je sautai rapidement dans la douche, ouvris l'eau froide et maudis son nom ainsi que le mien alors que je me lavai rapidement les cheveux et le corps. Je me lavai également vite fait entre les jambes : pas de contact avec le clitoris.

Il y avait des règles à ce sujet... Du moins, dans ma tête.

J'avais officiellement perdu la boule et je ne savais pas trop si ça avait commencé avant ou après ma déclaration à Tobey.

Comment savoir ? J'étais dépassée.

Je détestais le fait que Tobey m'ait fait pleurer, qu'à cause de lui je me sois renfermée sur moi-même et qu'il m'ignore ainsi.

Je ne savais pas comment ça finirait avec lui, mais ce qui nous arrivait était inquiétant. Je voulais bien que ça soit de ma faute à certains égards, il m'avait également repoussée. Comment allions-nous nous remettre de cela ? Est-ce que nous le pourrions ?

Je haussai les épaules en essayant d'ignorer ma douleur, et enfilai des vêtements chauds car j'étais glacée. Mais c'était le lot d'un architecte paysagiste quand une vague de froid s'abattait sur la ville. Il fallait doubler ses vêtements et prier pour que tout se passe bien dans la serre.

Heureusement, aujourd'hui j'avais plutôt de la paperasse et des rendez-vous. Peut-être qu'avec un peu de chance, si tout se passait bien, je n'aurais pas à rester dehors trop longtemps. J'aimais le plein air plus que tout, mais il faisait bien trop froid pour ça aujourd'hui.

J'avais enfilé deux débardeurs sous mon Henley, parce qu'apparemment, ce n'était pas Tucker qui faisait durcir mes mamelons mais la brise. Haha, je pouvais même en rire maintenant. Bien sûr je ne comptais pas partager cette blague avec lui. Je n'étais même pas sûre de pouvoir le regarder en face avec ce genre de rêve.

Des foulards en soie autour de mes poignets ? Non mais franchement. Je souris en me rendant au travail, et essayai de me concentrer sur ce que j'avais à faire.

Comme on était en basse saison, je travaillais seule presque tous les jours. Mes frères et Tobey m'aidaient à l'occasion, ce qui me fit douloureusement repenser à mon ancien meilleur ami.

J'avais utilisé le mot « ancien » dans ma tête, et ça, c'était nouveau.

J'en avais tellement marre de penser à mes sentiments inappropriés. Je voulais maintenant me concentrer sur tout ce que j'avais de bien : ma famille qui était géniale, mes amis incroyables et mon rêve de dingue.

D'accord, je n'allais pas me concentrer là-dessus.

Je me mis directement au boulot en commençant par mes deux rendez-vous avec des personnes que j'ajouterais éventuellement en tant que clients grâce à mes merveilleuses références.

J'avais hâte d'être au printemps et de pouvoir à nouveau me salir. Mais toutes les phases de croissance devaient être respectées, tout comme lorsqu'il faisait une chaleur infernale pendant l'été et que rien ne poussait.

C'étaient également des paramètres à prendre en compte.

À l'heure du déjeuner, j'avais faim et j'avais désespérément besoin de café. Je devais aussi me préparer pour mon rendez-vous avec Erin et Zoey, puisque nous travaillions ensemble sur un mariage à venir. Erin était décoratrice de gâteaux et Zoey fleuriste.

Je ne travaillais pas toujours avec elles pour les mariages, mais parfois on proposait des forfaits parce que même si Zoey s'occupait des fleurs, les mariages en plein air avaient besoin de ma touche personnelle.

Le fait de pouvoir travailler avec mes deux meilleures amies était un vrai plus dans mon travail.

Comme si je les avais conjurées de nulle part, elles apparurent avec de grands sourires.

— Salut, dis-je en ouvrant les bras pour les serrer contre moi.

J'essayai de ne pas penser à la dernière fois où je les avais vues et à ce qu'on s'était dit : qu'elles voulaient m'organiser un rencard. Ce n'était pas de leur faute si elles voulaient m'aider à oublier Tobey, sauf que je n'étais pas sûre de pouvoir le faire.

Je détestais cette période trouble où rien n'avait de sens. Mais j'allais m'en sortir. Je devais simplement me souvenir d'être heureuse.

— Je pensais qu'on devait se retrouver au café. Ou

était-ce dans ta pâtisserie ? demandai-je en regardant mon téléphone. D'accord, c'était apparemment à la pâtisserie, mais je rêve d'un café.

— Moi aussi ! Il me faut une tasse de café, renchérit Zoey en jetant un œil aux fleurs que j'avais disposées dans la pièce.

Elle aimait s'en occuper, même si c'étaient mes bébés. Zoey était une fleuriste fantastique qui travaillait non seulement avec des fleurs coupées, mais aussi avec des plantes en pot. Elle faisait en sorte que toutes les plantes vivent leur meilleure vie ou soient présentées de façon époustouflante.

Je trouvais qu'on était faites l'une pour l'autre.

— On est donc passées pour voir si on pouvait aller prendre un café plutôt que de venir chez moi, déclara Erin en regardant son téléphone. Devin te passe le bonjour, au fait.

— Dis-lui bonjour de ma part, répondis-je en regardant Zoey et levant les yeux au ciel.

Toutes les deux, on se sourit en secouant la tête. Les deux tourtereaux étaient un peu nunuches, mais tant que ça illuminait le visage d'Erin et celui de mon frère, j'étais contente.

Tous les deux méritaient ce qu'ils avaient trouvé, d'autant plus que mon grand frère avait tant fait pour nous sans rien demander en retour. Et Erin avait vécu un mariage vraiment merdique et un divorce horrible. Cette seconde chance avec mon frère était sans prix pour elle.

Si seulement on pouvait faire en sorte que Zoey soit heureuse.

Je n'allais pas me mêler de ça, non merci. J'avais déjà essayé et c'était fini.

— Alors vous débarquez au lieu de m'envoyer un SMS ? demandai-je en enfilant mon manteau.

— Tu étais en route.

Je hochai la tête en souriant.

— On prend deux voitures ? On va vraiment se geler en sortant.

— Ça devrait aller : ils ont installé les radiateurs sur Main Street.

— Oh, génial.

— Tu es là depuis quelle heure pour ne pas le savoir ? demanda Zoey alors que nous sortions.

Je fis un signe de la main à un de mes voisins.

— Très tôt, apparemment.

Je passai sous silence le fait que je m'étais réveillée tôt à cause d'un rêve érotique. Elles n'avaient pas besoin de le savoir.

— J'ai rêvé de café toute la journée, et je n'ai pris qu'une petite tasse au petit déjeuner, dis-je en repoussant toute pensée de Tucker... et de Tobey.

— Bien. Parce que je pense que je pourrais sûrement boire un latte entier à moi seule. Du genre, le baril entier de la boutique, ou tous leurs grains de café.

Je ris à ses paroles et me dirigeai vers ma voiture, avant de les suivre jusqu'à notre café préféré à Denver. Ce n'était pas l'endroit le plus proche, mais c'était le meilleur.

On commanda nos cafés en souriant à la femme au joli carré blond derrière le comptoir. Il y avait un salon de tatouage juste à côté, qui appartenait à la famille de ma belle-sœur. J'avais toujours voulu y entrer pour me faire tatouer. Peut-être qu'un jour je le ferais, mais j'avais un peu peur.

On s'assit dans un coin et on se sourit en regardant les gens et en parlant de nos projets professionnels à venir. J'adorais cette région et le fait que chacun puisse y trouver ce qu'il recherchait.

— J'ai hâte de commencer à travailler à plein temps sur ce mariage, déclara Zoey en sortant sa tablette pour nous montrer ses fichiers.

— Tu devrais vraiment être organisatrice de mariage en plus d'être fleuriste, dis-je en regardant ses notes.

— J'aime trop les fleurs pour ça. J'adore cette série de Nora Roberts où chacune des femmes a sa propre spécialité dans une entreprise de planification de mariage. Mais je ne pense pas que ça marcherait pour nous.

— On ne sait jamais. Il faut juste qu'on trouve une dingue de l'organisation, puis peut-être un photographe, déclara Erin.

— Tucker est bon avec un appareil photo, dis-je avant de me mordre la langue.

Les filles se regardèrent, mais je les ignorai.

— Et vous savez, ajoutai-je en fixant mon téléphone pour éviter de les regarder. Caleb est doué pour commander les autres. Peut-être qu'il pourrait être organisateur de mariage.

Erin se mit à rire et Zoey haussa les épaules.

— Quoi ? Ça pourrait se faire.

— J'adorerais voir ton grand frère parler de taffetas et de dentelle.

— Il serait tellement doué, dis-je en riant.

— Un ancien chaudronnier qui travaille maintenant dans le bâtiment ? Bien sûr chérie.

Je pris une gorgée de mon café et vis Erin se raidir.

— Qu'est-ce qu'il y a ?

— Merde, marmonna-t-elle.

— C'est ton ex ?

— Non, dit-elle en regardant Zoey. Mais sache simplement que ce n'était pas prévu. Je suis désolée.

Je fronçai les sourcils en les regardant, puis levai les

Carrie Ann Ryan

yeux lorsqu'un homme blond très séduisant s'avança vers nous. Il avait des tatouages sur ses avant-bras d'après ce que je pouvais voir sortir des manches de son Henley, et il était bâti comme un quarterback : épaules larges, hanches fines et cuisses épaisses.

Il était sexy comme tout et avait un sourire diabolique, mais à la façon dont Erin m'avait chuchoté ces mots, j'avais un peu peur.

— Salut. Je pensais justement à vous les filles, déclara l'homme en s'approchant de nous.

— Jace. Je ne savais pas que tu serais là, dit Erin.

Le ton semblait sincère, mais j'étais toujours inquiète. La voir ainsi contrariée me faisait peur.

— J'étais chez Montgomery Ink et je suis venu ici prendre un café quand je vous ai vues. Content de te voir aussi, Zoey.

Il se tourna vers moi et sourit.

— Et tu dois être Amelia.

Mon estomac se noua.

Ah. Donc, il savait qui j'étais. Et à l'expression coupable des filles, je compris aussitôt de quoi il s'agissait.

Je n'allais pas me fâcher. Mes amies essayaient juste de se rendre utiles, sauf que je ne voulais pas être aidée. Tout ce que je voulais, c'était aller bien et ne pas être prise en pitié. Je ne voulais pas être dans une position où les gens essayaient de me remonter le moral. Peut-être que ça faisait de moi une personne horrible, mais je ne voulais rien de tout ça. Pourquoi ne pouvais-je pas être normale ?

— Oui, je suis Amelia. Je suppose que tu t'appelles Jace ?

— Alors, elles t'ont aussi parlé de moi ?

— Non, je ne peux pas dire ça.

Pourquoi était-ce si gênant ?

— Désolée, Jace, dit rapidement Erin en se tordant les mains.

— On n'a pas encore dit à Amelia qu'on voulait lui organiser un rendez-vous arrangé.

Pardon ?

— Oh, dit rapidement Jace, les joues virant au rouge. Désolé dans ce cas. Elles ne m'ont pas dit que tu serais ici. C'est juste une coïncidence. Mais c'est un plaisir de te rencontrer.

— C'était un plaisir aussi. Mais j'ai peur qu'elles se soient trompées.

Je ne comprenais pas pourquoi ces mots sortaient de ma bouche, mais ils semblaient le faire de leur propre volonté.

— Je suis déjà prise.

Zoey et Erin tournèrent leurs regards sidérés vers moi.

— Prise ? demanda Zoey.

— Par qui ? ajouta rapidement Erin.

Les sourcils de Jace se levèrent et il fourra ses mains dans ses poches.

— Eh bien, il semble que j'arrive trop tard. Ou pas assez tôt. Désolé d'avoir été gênant. Je vais y aller.

Je me glissai rapidement hors de la banquette en secouant la tête.

— Non c'est moi qui suis désolée. Ces derniers jours, non, semaines, ont été bizarres. Quoi qu'il en soit, c'était très agréable de te rencontrer, Jace. Mais je suis prise. C'est un mec formidable et il me plaît.

Oh mon Dieu, est-ce que je continuais à parler ? Pourquoi ne pouvais-je pas me taire ?

— Tucker est incroyable, continuai-je en creusant un trou plus profond. C'est tout nouveau, alors mes amies ne le savaient pas encore. Mais maintenant c'est fait. J'espère que tu trouveras quelqu'un de bien.

Je ne voulais pas qu'on me plaigne. Ce n'était pas de leur faute : elles m'aimaient et ne voulaient pas que je sois malheureuse. Si je l'étais, c'était à cause de Tobey. Je détestais ce sentiment, le poids oppressant qui m'écrasait. Et malgré leur gentillesse, c'était trop.

J'avais donc lancé le nom de Tucker. Je n'aurais pas dû. Pourquoi était-ce le premier nom qui m'avait traversé l'esprit ?

Pourquoi n'avais-je pas pu inventer un nom au hasard ? Pourquoi avoir créé une relation fictive à partir de quelqu'un de réel ?

Il y avait des endroits réservés en enfer pour moi : les plus sombres, et je méritais toute punition que j'y aurais reçue.

— Eh bien, c'était un plaisir de te rencontrer. J'espère qu'on aura l'occasion de se revoir.

Il me fit un clin d'œil puis se dirigea vers la porte qui reliait le café au salon de tatouage. Je me tournai vers mes amies, les yeux écarquillés.

— Je dois y aller.

Les filles ouvrirent la bouche, probablement pour poser des questions, mais je les ignorai. Je pris mon sac, tournai les talons et m'enfuis.

Pas parce que je ne voulais pas leur parler, même si je ne le voulais vraiment pas. Non, c'était pour retrouver Tucker avant qu'il ne l'apprenne.

Parce qu'apparemment, il était en couple avec moi et il n'en avait aucune idée.

Chapitre Huit

Tucker

UNE FOIS ENCORE, JE SORTIS DE LA DOUCHE, épuisé. J'avais travaillé de nuit, dormi une peu le matin, mais j'avais dû y retourner pour une urgence. J'aimais mon travail, mais je manquais parfois de sommeil.

Une fois à la maison, je ne rêvais que d'aller me coucher, mais je préférais m'abstenir car je retournais travailler à 20 heures. Je n'avais pas l'habitude de faire des horaires de nuit, mais je remplaçais un ami nouvellement père qui en plus se mariait. Tant que j'arriverais à rattraper le sommeil perdu, ça irait.

J'enfilai un jean et un T-shirt à manches longues et allai chercher de quoi manger à la cuisine.

La sonnette retentit et je fronçai les sourcils en me demandant qui cela pouvait bien être. Devin avait des projets avec Erin, et j'étais sûr qu'il était encore au travail de toute façon. Il travaillait dans un bureau depuis son accident, mais il allait mieux. C'était étrange de le voir blessé, ce grand homme qui ne laissait jamais rien le renverser... Sauf une voiture.

J'ouvris la porte, et mes yeux s'écarquillèrent.

— Salut. Qu'est-ce que tu fais ici ? demandai-je à Amelia en reculant d'un pas. Ça me fait plaisir, bien sûr, mais je ne t'attendais pas. Tu n'es pas au travail ?

— J'ai dû prendre un petit congé aujourd'hui. Une longue histoire, et tu en fais partie.

Mes sourcils se haussèrent, mais avant que je ne puisse l'interroger, mon téléphone sonna depuis le plan de travail de la cuisine.

— Je dois aller voir ça. C'est peut-être le boulot.

— Vas-y. Ton travail est important. Je vais te laisser.

— Surtout pas. Tu vas d'abord m'expliquer pourquoi tu es ici, parce que tu commences à me faire flipper. Tu sais que je suis toujours là pour toi. Je te l'ai dit. Mais tu dois m'expliquer. Une seconde.

Je pris mon téléphone et regardai l'écran. Voyant que c'était encore Melinda, je fronçai les sourcils. Elle avait déjà appelé et j'avais complètement oublié de la rappeler. Je me promis de le faire dès que possible, mais je devais d'abord m'occuper d'Amelia.

Elle s'agitait, passait son poids d'une jambe à l'autre en se mordant la lèvre. Quelque chose n'allait pas. Si c'était en rapport avec cet enfoiré de Tobey, j'allais m'énerver.

— Je te demanderais bien si tu veux boire un verre, mais la dernière fois que je t'ai vu le faire, j'ai dû tenir tes cheveux pendant que tu vomissais.

— Je pensais qu'on ne devait plus en reparler, dit-elle en se pinçant l'arête du nez avant de faire les cent pas dans mon vestibule.

— D'accord. Que dirais-tu d'un café ?

— Je ne peux pas prendre de café. Je viens d'en prendre un et c'est à cause de ce café que tout est arrivé. Je ne pourrai probablement plus jamais en reboire, tout comme la tequila.

— D'accord, attends, dis-je en posant mes mains sur ses épaules pour l'arrêter.

Elle se figea et me regarda, les yeux écarquillés.

— Je ne peux plus prendre de café.

— Tu l'as déjà dit, et ça commence à m'inquiéter.

Je posai le dos de ma main sur son front et elle me tira la langue.

— Je ne suis pas malade. Je ne crois pas en tout cas.

— Ton visage est chaud, mais tu as surtout l'air lessivé.

— C'est exactement ce que chacun rêve entendre.

— Ce n'est pas si terrible. On dirait que quelque chose te préoccupe. Et entre les cent pas et le fait que tu ne veuilles plus de café, je m'inquiète.

— Et tu as bien raison. Je pense que j'ai merdé.

Mes sourcils se levèrent à nouveau, puis je la poussai doucement vers mon canapé. Elle s'assit avant de se relever, fit encore les cent pas, puis se rassit.

Je me dis qu'elle allait continuer comme ça un bon moment, parce que chaque fois qu'Amelia était nerveuse ou avait besoin de formuler ses pensées, elle faisait les cent pas. J'avais presque oublié ça, mais ça me revenait. Je connaissais Amelia depuis longtemps. Les choses étaient un peu différentes maintenant, mais elles n'étaient pas *trop* différentes non plus. J'avais besoin de me le rappeler de temps en temps.

Je m'installai au bout de mon canapé d'angle et la regardai s'agiter. Elle était vraiment belle, même les cheveux sortis de sa tresse à force de tirer dessus.

Son visage était un peu rouge d'avoir été à l'extérieur, et probablement à cause de son agitation.

Elle portait ses vêtements de travail, donc un jean et un T-shirt à manches longues, mais ça lui allait. Les robes et autres tenues aussi lui allaient – mais je n'allais pas m'attarder là-dessus.

Parce que ce serait vraiment mal.

— J'ai une proposition à te faire, lâcha-t-elle.

Je me figeai en essayant de ne pas penser à ce qu'elle voulait dire par là. Parce qu'elle ne pouvait quand même pas penser à ce qui me traversait l'esprit en ce moment, non ? Surtout que mes pensées n'avaient rien à voir avec les vêtements, mais plutôt avec elle à genoux. Ou moi. Ou l'un de nous, à faire des choses à l'autre qui seraient probablement illégales dans certains états.

Bon, assez de ça.

— Une proposition.

— Oui. Mais le terme ne me plaît pas. J'ai une offre. Non, ce n'est pas terrible non plus. Une idée. Oui, une idée. Et j'ai besoin de ton aide.

Intrigué, je me penchai en avant, les avant-bras sur mes genoux.

— D'accord, une offre. Une idée. Tu as besoin de mon aide. Eh bien, j'ai dit que je serais là pour toi. Mais si tu commences par le mot « *proposition* », je vais avoir besoin de quelques détails.

— J'ai besoin d'une fausse barbe.

Je clignai des yeux, et la regardai en inclinant la tête avec curiosité.

— J'ai une vraie barbe. Une petite, mais je ne me

rase pas tous les jours. Qu'est-ce que tu veux dire par là ? Tu veux que je me fasse pousser la barbe ? Je peux le faire, mais je n'aime pas que ça devienne trop hirsute.

Elle leva les mains et grogna. Pourquoi était-ce si sexy ?

— Non, j'ai besoin que tu sois *ma* fausse barbe.

— Tu te fais pousser la barbe ?

— Oh mon Dieu. J'ai besoin que tu sois mon faux petit ami. Tu ne connais pas l'expression « Être une fausse barbe » ?

Je secouai la tête en me disant que ça n'avait aucun sens. Qu'est-ce que c'était que ce bordel ?

— Excuse-moi ?

— Écoute-moi.

— Oh, je vais le faire. Et puis on va s'asseoir, et je vais te forcer à boire du café. Parce que ça doit être un des effets secondaires de ton manque de caféine.

— J'ai pris un café aujourd'hui. Et c'est bien le problème.

— Alors il te faudrait peut-être un décaféiné. Un faux petit copain ? Et c'est quoi ce terme de fausse *barbe* ? C'est pas un peu archaïque ?

— Peut-être. Mais ça sera le nôtre. Sache que les gens utilisent cette expression.

— Pas dans la conversation courante. Mais tu es devenue folle ? Devin est mon meilleur ami.

— Oui. Et c'est un problème.

— Mon putain de meilleur ami.

Je n'étais pas vraiment bien placé pour faire la morale, vu que je m'étais branlé en pensant à elle, mais je n'allais pas le lui dire. En fait, il n'y avait aucune raison de le dire. Nous n'en parlerons jamais à Devin. Jamais. Parce que j'aimais mes noix exactement là où elles étaient.

— D'accord, je n'y avais pas vraiment pensé. C'est juste que tu es la première personne qui m'est venue à l'idée.

Une jolie rougeur s'étala sur ses joues, et je me demandai pourquoi c'était moi la première personne à qui elle avait pensé, et pas Tobey.

Mais je n'avais pas envie d'en tirer de la fierté. Je n'en tirerai aucune fierté du tout ! Qu'est-ce qui n'allait pas chez moi ?

— D'accord, tu vas m'expliquer ce qui s'est passé. Utilise des mots faciles et vas-y doucement. Des phrases courtes. Pourquoi as-tu besoin d'une fausse relation ? C'est à cause de Tobey ? Parce que tu n'as pas besoin de prouver quoi que ce soit à cet enfoiré.

— Arrête de l'insulter.

— Il t'a fait pleurer. Je peux l'appeler comme je veux.

Je n'avais pas voulu mettre autant de véhémence

dans mon ton, mais ses yeux s'écarquillèrent et sa bouche s'entrouvrit.

— Pardon. Il t'a fait pleurer et ça me dérange. Je n'aime pas la façon dont il t'a traitée, et je n'aime pas que tu culpabilises pour ça. Tu as le droit d'avoir des sentiments. Tu avais le droit d'aimer quelqu'un.

Pas que je pense que c'était de l'amour, mais je n'étais en aucun cas qualifié pour analyser les sentiments des autres. Pour autant que je sache, Amelia aimait vraiment cet abruti.

— Tucker.

— Je n'aime pas la façon dont il t'a traitée. Donc, il sera toujours un connard à mes yeux. Tu n'as pas besoin d'évoquer une fausse relation et de prétendre que tu es heureuse ou que tu t'en sors mieux que lui ou quoi que ce soit de ce genre. Tu dois simplement être toi-même, et ça le prouvera. Il verra ce qu'il rate. Parce qu'il sait très bien qu'il rate quelque chose de bien avec toi. Et pas seulement en te perdant en tant qu'amie. Tu le sais et tout le monde le sait.

Je n'avais pas voulu dire tout ça, et d'après son regard, elle ne s'y attendait pas non plus.

Super. Je franchissais toutes les limites autorisées. À ce stade, autant jouer le faux petit ami, non ?

Non. Parce que si je faisais ça, ma queue voudrait se

mettre à réfléchir. Et je ne pouvais pas le permettre. Jamais.

— Il ne s'agit pas de Tobey. En fait si, mais ce n'est pas *pour* Tobey. Laisse-moi t'expliquer.

— Tu ferais mieux ou je vais vraiment te le donner ce café.

Elle rit et secoua la tête avant de poser ses mains sur son visage et de hurler dedans.

— Ça va mieux ?

— Un peu.

— Bien. Parce que si ça ne te dérange pas, je pourrais faire la même chose dans quelques minutes, si tu ne m'expliques pas.

Elle eut un sourire sincère cette fois. C'était un progrès. Je n'avais qu'à faire l'idiot pour la rendre heureuse. C'était bon à savoir. J'aimais voir les Carr heureux. Ils étaient ma famille et Amelia était pratiquement ma sœur.

Il ne fallait pas que je l'oublie.

— D'accord. Voilà ce qui s'est passé. Tout le monde a été si accommodant. Mais pas toi. Tu as été accommodant aussi, et gentil. Mais tu as aussi été amusant. Un peu plus que d'habitude, mais tu as toujours été un type formidable. Et tu me traites comme d'habitude. Comme une amie.

— Bien sûr que je le suis.

Elle n'avait pas besoin d'être au courant de mes rêves et de savoir que je m'étais branlé en pensant à elle. Parce que c'était horrible et que je n'allais pas recommencer.

Je ne l'avais pas refait.

Je ne le referai pas non tout à l'heure, bon sang.

— Eh bien, tout le monde n'est pas comme ça. Oh, ils essaient, mais je vois la pitié. Ils veulent m'aider à me sentir mieux. Mes frères sont un peu différents : ils ne font que râler et ils veulent mettre une raclée à Tobey.

— Et je suis d'accord avec eux.

— Tucker !

— Quoi ? Je suis honnête.

— Quoi qu'il en soit, dit-elle, clairement exaspérée après moi (bien, parce que je ressentais à peu près la même chose). C'est à cause d'Erin et Zoey.

— Qu'est-ce qu'elles ont fait ? demandai-je, un peu inquiet.

— Elles sont super et je les aime. Elles veulent juste m'aider, mais je pense qu'elles se sont dit que je serais plus heureuse si j'oubliais Tobey.

Mes sourcils se levèrent jusqu'à la racine des cheveux.

— Et ?

— Et elles ont parlé de moi à un type nommé Jace.

— Jace. Attends. Je connais ce nom. Un grand gars, des épaules larges, des cheveux blonds et des tatouages ?

— Tu le connais ?

— Ouais, c'est un pompier. Un mec bien.

Que je détestais maintenant. Pourquoi est-ce que je le détestais ?

— D'accord. Quoi qu'il en soit, je ne sais pas comment c'est arrivé, mais les filles lui ont parlé de moi et ont dit qu'elles voulaient nous organiser un rendez-vous arrangé.

Maintenant, je voulais arracher la tête de Jace de son corps.

C'était une réaction étrange. Je n'étais pas du genre relation sérieuse. Je n'avais pas de relation du tout d'ailleurs. Ça signifiait que ce qui se passait en moi en ce moment, n'avait rien à voir avec Amelia. J'étais claire-ment en train de perdre la tête.

— Alors, tu ne veux pas sortir avec lui ? demandai-je avec prudence.

— Non. Je ne sais pas. Je veux juste un peu de temps. Et je sais que c'est bête. J'aurais simplement dû leur dire que je n'étais pas prête à sortir avec quelqu'un. Ils auraient compris. Mais je ne l'ai pas fait. Au lieu de ça, j'ai dit que je sortais avec quelqu'un.

Et là, je compris.

— Tu as dit que tu sortais avec moi.

Je baissai les yeux sur mon téléphone, un peu effrayé que Devin ne m'ait pas appelé. Peut-être qu'il était déjà en route avec une machette.

C'était ce qui se passait dans les films, non ? Merde, je devrais peut-être changer d'adresse.

— Tout ira bien. Mais j'ai besoin que tu fasses semblant pendant un petit moment. On leur dira que c'est juste des sorties. Je dois faire le point, et je ne peux pas le faire si tout le monde s'inquiète pour moi.

— Amelia.

— S'il te plaît. Je suis fatiguée de la pitié. Tu n'as pas pitié de moi, toi.

— Parce que tu n'en as pas besoin. Tu dois lui botter le cul.

— Merci. Mais sérieusement : sors avec moi.

— Amelia.

— Je n'ai pas dit sexe.

Je marquai une pause et souris. C'était plus fort que moi.

— Pas de sexe ? ronronnai-je.

— Tucker.

— Je dis ça comme ça. Un peu de sexe pourrait nous aider.

Je ne pensais pas à coucher avec elle. Pas du tout... Si, j'y pensais. Quelle horreur.

— Bon, Tucker. J'ai vraiment besoin de ton aide. Je

suis fatiguée. Je veux me sentir à nouveau normale.

Je hurlai dans mes mains, comme elle plus tôt. Elle laissa échapper un rire forcé, puis je me levai et fis les cent pas comme elle l'avait fait auparavant.

— Si je fais ça, et c'est un énorme *si*, ça veut dire que tu devras me laisser te tenir la main. Tu devras me laisser être près de toi. On va devoir agir comme quelque chose que nous ne sommes pas, devant mes meilleurs amis. En gros, tu me forces à leur mentir : à mon meilleur ami et la famille que j'ai choisie. Vraiment, je ne sais pas. Et jusqu'où elle va aller cette fausse relation ? Est-ce qu'on fait semblant uniquement devant eux ? Est-ce qu'on s'affiche aussi dans des endroits ou d'autres peuvent nous voir ? On poste sur les réseaux sociaux ? Qu'est-ce que tout ça veut dire ?

— Je ne sais pas. Je n'en sais rien. Je viens de le sortir, et j'improvise. Je vais leur dire que j'ai menti.

Je prenais une mauvaise décision. Une décision tellement stupide. Mais je détestais la voir comme ça.

Si ça pouvait l'aider, pourquoi pas. Devin comprendrait – du moins plus tard. Nous lui expliquerions tout une fois qu'elle aura eu un peu de temps. Il comprendra. Il le devait.

— Je devrais choisir quelqu'un d'autre.

— Non. Ce sera moi, grognai-je en braquant mon regard sur elle.

Merde, qu'est-ce qui n'allait pas chez moi ?

— Parce que je ne veux pas que quelqu'un profite de toi, ajoutai-je.

Parfaitement logique.

— D'accord, on peut le faire... pendant un petit moment. Jusqu'à ce que je me sente normale. Et puis on leur expliquera ce qui s'est passé. Ils ne seront pas fâchés. Ils ne peuvent pas l'être. Je ne veux pas qu'ils soient en colère après toi.

— J'accepte, répétai-je, mais je veux quelque chose en retour.

— Quoi ? demanda-t-elle, clairement méfiante.

— Je ne sais pas encore.

— Ça me semble dangereux.

Je la regardai franchement, sachant qu'on faisait probablement une horrible erreur. Mais si elle en avait besoin, je trouverais un moyen d'y arriver. Ses frères finiraient par comprendre : ils se rendraient compte que leur petite sœur avait besoin de respirer, et si je devais être la personne qui l'aidait avec ça, alors OK.

J'espérais juste que personne ne serait blessé par les conséquences.

— Amelia, bébé, c'est toute cette idée qui est dangereuse.

Mais j'avais le sentiment que ça ne sera pas elle dans le viseur cette fois.

Chapitre Neuf

Amelia

— À QUOI EST-CE QUE JE PENSAIS ?

Oh c'est vrai. Je n'avais pas réfléchi. J'avais été submergée et j'avais fait n'importe quoi. Voilà ce qui arrivait quand on ne réfléchissait pas. Au lieu d'agir comme une adulte raisonnable qui prend des décisions raisonnables, j'avais inventé une fausse relation qui allait probablement tout foutre en l'air.

Bravo, Amelia. Tu es la grande gagnante dans la vie.

— Je peux le faire. Ce ne sera pas grand-chose, juste un petit rencard. Même pas pour de vrai.

Pourquoi est-ce que je me parlais dans le miroir ?

Oh, oui, parce que Tucker serait là d'une minute à l'autre pour faire comme si on sortait ensemble... en allant voir ma famille.

Parce que bien sûr, moi Amelia Carr, avec ma chance de cocue, il fallait que mon premier faux rencard avec mon faux petit ami se passe lors d'un barbecue familial. Tout ça parce que je devais nous afficher et faire comme si tout était bien et cool entre nous.

Ça ne marcherait pas.

Je perdais clairement la tête, surtout si je continuais à me parler toute seule. Quelqu'un allait sûrement venir m'emmener et il ne resterait plus rien. Seulement une coquille vide de la personne que j'avais été autrefois. Une vie emplie de choix vides de sens et d'horribles erreurs.

Génial, si je commençais à déblatérer de la poésie, je devais peut-être aller me coucher.

J'étais certaine que Devin avait organisé ce barbecue familial pour comprendre ce qui se passait entre Tucker et moi. Le fait qu'il ne m'ait même pas interrogée depuis que je l'avais annoncé à Erin et Zoey m'inquiétait. Qu'arriverait-il à Tucker une fois qu'ils seraient seuls ?

Et que nous arriverait-il quand il découvrirait la vérité ?

Parce qu'ils devraient tous connaître la vérité, mais pas ce soir. Je détestais leur mentir, mais je ne voulais pas non plus me sentir comme la petite sœur abandonnée qui n'arrêtait pas de faire des erreurs. Je voulais juste avoir un peu l'impression de faire quelque chose de bien.

J'étais à nouveau heureuse : je me remettais de Tobey, et tout allait bien. D'ailleurs je ne pensais plus à lui toutes les cinq minutes. Peut-être que j'allais mieux ? Mais il me fallait plus de temps sans tous ces regards apitoyés.

Et si Tucker voulait bien m'aider, j'étais prête à assumer les conséquences et à faire tout mon possible pour *qu'il* n'ait pas de problème.

La sonnette retentit et je me regardai rapidement dans le miroir une fois de plus, m'assurant que mes bottes étaient bien fermées jusqu'aux genoux et que mes seins ne sortaient pas trop de ma chemise. Pas besoin de montrer la marchandise à ce rencard parce que... premièrement, ce n'était pas un rencard. Et deuxièmement c'était Tucker. Et puis me rendre chez mes frères en ressemblant à une greluche ne serait probablement pas la meilleure des idées.

Non pas que j'aie jamais ressemblé à une greluche, mais...

Je courus vers la porte et l'ouvris en laissant échapper un soupir soulagé que Tucker soit réellement là. J'avais un peu peur qu'il dise non à la dernière minute et annule. Honnêtement, je ne l'aurais pas blâmé.

— Tu es venu.

Tucker enfonça ses mains dans les poches de son jean et haussa les épaules, l'air beaucoup trop sexy. Je ne pus m'empêcher de remarquer la façon dont ses cuisses remplissaient son jean, ou comment sa veste en cuir moulait ses larges épaules. Il fallait vraiment que j'arrête de le reluquer comme ça. Ce n'était ni bon pour moi, ni pour lui.

— J'ai dit que je serais là. Alors, me voilà. Tu es sûre de vouloir le faire ?

— Je ne sais pas. Je pense qu'il le faut.

— Tu n'as pas à faire quelque chose dont tu n'as pas envie. Si tu veux, on peut tout annuler et rester ici.

— Non, je ne peux pas. J'adore ma famille, et ils m'aiment.

— Alors pourquoi est-ce que je dois être ta fausse barbe, Amelia ?

— Voilà que tu utilises ce mot.

Il entra dans la maison sans attendre que je l'y invite. C'était ce qui se passait quand j'étais préoccupée : je devenais grossière.

— Je ne sais pas. Je ne veux pas qu'ils s'inquiètent pour moi. Est-ce trop demandé de ne pas être la « pauvre petite sœur » pendant une minute ?

— Ils ne te voient pas comme ça. Ils t'aiment.

— Tu dis ça, et pourtant c'était eux qui s'inquié-
taient tout le temps que je fasse une erreur en n'étant
pas avec Tobey. Ou en étant avec lui. Et regarde ce qui
s'est passé.

— Mais ce n'est pas de ta faute.

— On peut donc être d'accord sur le fait qu'on n'est
pas d'accord sur ce sujet.

Il soupira.

— Je suis là pour toi comme je te l'avais promis.
Occupe-toi seulement de mettre de la glace sur mes
bleus une fois que ton frère m'aura cassé la figure.

— Il ne va pas te faire de mal, dis-je en grimaçant.
Quoique ce n'est pas impossible. Il est fort. J'aurais vraiment dû prendre quelqu'un d'autre.

Tucker plissa les yeux.

— En aucun cas. Parce que ce quelqu'un
d'autre en aurait profité, alors que moi non. Je vais
juste m'assurer que tout le monde sache que tu vas
bien et qu'on ne fait que s'amuser. Et que je ne
ferai en aucun cas du mal à leur précieuse petite
sœur.

Pour une raison quelconque, sa phrase envoya des
ondes de chaleur dans mon estomac, mais j'écartai rapidement la sensation. J'enfilai ma veste en cuir et passai
mon sac à main sur mon épaule.

— J'aimerais vraiment qu'ils arrêtent de m'appeler leur précieuse petite sœur. Je ne suis pas précieuse.

Tucker tendit la main pour repousser délicatement mes cheveux derrière mon épaule. Il était si doux avec moi. Comme si j'étais vraiment précieuse.

— Chérie, tu l'es. Du moins, pour eux.

Je plongeai dans son regard, la gorge sèche. Bon sang. Il était vraiment doué pour ce truc de baratin. Pas étonnant que toutes les femmes tombent amoureuses de lui. Mais pas moi, cependant. Non, merci.

— D'accord. Finissons-en, dis-je rapidement en le poussant vers la porte.

— Pas si vite, dit-il en posant sa main sur le cadran en bois pour me bloquer.

— Quoi ? J'ai oublié quelque chose ?

— Ouais : notre relation et le nombre de mensonges que je suis censé raconter à mon meilleur ami. Parce que je ne devrais vraiment pas lui mentir du tout, tu sais.

Je discernai de la culpabilité dans sa voix. Je savais qu'il faisait ça pour moi, mais je ne savais vraiment pas pourquoi. Et ça m'inquiétait. Mais ensuite je me souvins de leurs regards à tous, emplis de pitié. Ce n'était qu'un petit mensonge après tout. Peut-être que si nous organisions suffisamment de faux rendez-vous, ça pourrait même devenir réel. Du moins techniquement parlant. Parce qu'il n'y aurait jamais de sentiments impliqués.

— Je ne sais pas. Essayons autant que possible de rester proches de la vérité ?

— Alors... est-ce qu'on peut dire que j'ai vu tes seins après que tu aies vomi et que je n'ai pas pu m'empêcher de te sauter dessus ?

Quel humour !

Je me couvris le visage de mes mains et hurlai dedans.

— Oh mon Dieu. On ne racontera jamais cette histoire.

— Hum, j'en serais capable. Peut-être pas à tes frères parce qu'ils pourraient me tuer, mais à quelqu'un d'autre...

En baissant les mains, je vis qu'il souriait. Je lui boxai le ventre, mais je me fis plus mal qu'autre chose.

— Combien de jours par semaine est-ce que tu vas à la salle de sport ? C'est ridicule. Tu n'as pas un travail à temps plein ?

— Si. Un emploi pour lequel je consacre bien trop d'heures.

Il se frotta le ventre puis sourit. Je détestais ce sourire. En fait, peut-être que je l'aimais bien.

— J'ai juste la chance d'avoir de bons gènes, même si je m'entraîne beaucoup. Mais ok. On ne dira qu'une partie de la vérité. Tu as passé une mauvaise journée, tu t'es saoulée, j'ai pris soin de toi, et les choses ont lentement évolué à partir de là. On traîne ensemble sans se prendre la tête.

— Parfait. Et c'est pratiquement la vérité. Nous sommes amis.

— Même si tu as dit que tu sortais avec moi.

— Oui, mais c'est juste un petit plus. Ce n'est pas un énorme mensonge, non ?

— Bien sûr, chérie. Si ça peut te faire plaisir.

— Pourquoi est-ce que tu fais ça ?

Il me regarda droit dans les yeux, et je me demandai ce qu'il y voyait. Je n'arrivais pas à déchiffrer son expression, mais je n'avais jamais été capable de déchiffrer Tucker de toute façon. Il avait toujours été le mec sympa, celui qui pouvait faire sourire n'importe qui et qui était toujours là pour vous. À part ça, je ne savais pas grand-chose de lui. Je ne connaissais que les faits, pas la personne elle-même.

— Faisons en sorte qu'ils sachent que je vais bien, et plus tard, on y mettra fin lentement, sans émotions fortes. Personne n'a besoin de te casser la figure juste parce qu'on se fréquente. Et on leur fera bien comprendre qu'on n'a jamais eu de relations sexuelles.

Il renifla en secouant la tête.

— Ouais, tes frères savent comment je suis avec les femmes. Ils vont probablement s'imaginer qu'on a couché ensemble.

— D'accord, on va bien le spécifier. Je leur dirai.

— Tu comptes carrément dire à tes frères qu'on n'a jamais couché ensemble ? Ils ne te croiront pas.

— Ils le sauront. Tout comme les autres. Ils sauront que nous n'avons jamais eu de relations sexuelles.

— Mais, comme tu l'as déjà dit, j'ai vu tes seins.

— Oh la ferme. On ne parle plus de ça.

— Et tu m'as vu avec une simple serviette. Ce qui est pratiquement nu.

Je chassai l'image de mon esprit. Je ne penserais plus jamais à ça, sauf dans mes rêves. Non, même pas là. Mon Dieu, il fallait que j'arrête de penser à ça et tout le reste. Qu'est-ce qui n'allait pas chez moi ?

— D'accord. Ça suffit. Ils sauront et tout le monde le saura. On s'amuse et c'est tout. Et ce n'est absolument pas un mensonge : on a mangé ensemble, on va voir la famille ensemble. C'est pratiquement la vérité.

— D'accord. Je veillerai à ce que personne ne te lance des regards compatissants. Et fais en sorte qu'ils sachent que tu es capable de faire tes propres choix. Parce que je sais que ça t'inquiète. Le moment venu, on dira que tu as mis un terme à notre histoire, que tout va bien, et que je ne t'ai jamais touchée. C'est bon ?

— Ça me va. Le plan parfait, non ?

Je savais que ma voix était un peu haut perchée à la dernière partie, mais puisque j'avais déjà commencé à faire n'importe quoi, autant aller jusqu'au bout, non ? Après tout, j'avais montré mes seins à Tobey, puis à Tucker. Autant continuer à empiler mes mauvaises décisions les unes sur les autres.

— Ça va aller, dit-il en passant lentement ses doigts sur ma joue.

En me voyant me figer, il fit claquer sa langue.

— Ok, tu dois arrêter de faire ça.

— Arrêter de faire quoi ? demandai-je d'une voix étrangement haletante.

Ce n'était pas bon.

— Ne sursaute pas et ne te fige pas quand je te touche. Ils sauront que tout est faux et ils se demanderont pourquoi tu mens.

— Combien de fois tu comptes me toucher devant ma famille ?

— Pas tant que ça. Mais je pourrais vouloir te tenir la main.

Il retira sa main de ma joue, la fit courir le long de mon bras, puis glissa ses doigts dans les miens.

Je déglutis avec peine avant de rire quand il me sourit en me serrant la main.

— Tu vois ? Tu t'en sors bien. Tu t'habitues à ce que je te touche.

— Pas trop quand même. Rappelle-toi, on ne couche pas ensemble.

— Oh, je sais. Ne t'inquiète pas.

Il serra à nouveau ma main, se pencha et m'embrassa sur le bout du nez. Puis il ouvrit la porte.

Je ne comprenais pas comment j'avais pu me mettre dans une telle galère, mais je préférais que ça soit avec Tucker qu'avec quelqu'un d'autre. Je lui faisais confiance et j'espérais ne pas lui faire de mal.

On fut les derniers à arriver. J'avais en quelque sorte espéré faire une entrée discrète, mais on n'était pas assez nombreux pour ça. Dimitri et Thea n'avaient pas pu venir parce qu'ils avaient un dîner avec la famille Montgomery. Il ne restait donc que trois Carr, plus Erin et maintenant Tucker. Zoey était également là pour qu'on soit un nombre pair, mais je n'allais pas m'appesantir sur cette idée. De plus, Zoey était une amie, donc *vraiment pas*. Niveau couples, en tout cas.

— D'accord. On peut le faire. Ce ne sera pas trop difficile. On en est tout à fait capables.

— Tu te parles à toi-même ou à moi ? demanda Tucker alors que j'ouvrais la porte sans frapper.

Il se tenait près de moi, sans me tenir la main, et dès qu'on entra tout le monde se figea. Caleb et Zoey se foudroyaient du regard en pleine conversation, mais se retournèrent pour nous regarder. Erin et Devin chuchotaient dans l'autre coin en se bécotant, mais ils s'arrêtèrent également pour nous regarder.

Super. Ce n'était pas gênant du tout.

— Vous voilà. Parfait. Tu veux entrer dans la cuisine une minute ? demanda Devin. J'ai une question à te poser, Tucker.

— Ouais, on est là. Et on a apporté une salade de pommes de terre, dis-je en levant le plat que j'avais pris en sortant et essayant de sourire. Je l'ai faite moi-même, promis. Ce n'est pas acheté en magasin cette fois.

— Je t'avais dit de ne rien apporter, dit Erin en souriant mais me prenant néanmoins le plat. J'ai déjà préparé tous les accompagnements. Surtout que c'est l'hiver et que nous n'allons pas faire de barbecue.

— Je te signale que je pourrais sortir torse nu, ma belle, répliqua Devin en lui donnant une tape sur les fesses.

Le geste lui valut un regard noir, ce qui me fit rire. Puis Tucker se plaça à côté de moi et la pièce redevint silencieuse. Super ! Ça n'allait pas du tout être gênant. Pourquoi est-ce que je faisais ça déjà ? Ah oui, je n'avais aucune raison valable.

— Je vais régler ça tout de suite : tu lui fais du mal et je te casse la gueule. Je ne sais pas ce qui se passe entre vous, mais je lui avais promis, il y a longtemps, d'arrêter de me mêler de sa vie amoureuse. C'est pour ça que je n'ai jamais cuisiné Tobey comme je l'aurais voulu.

— Devin, grognai-je.

— Quoi ? Dimitri n'est pas là, par conséquent, je suis l'aîné et j'ai le droit.

— Je suis là aussi, grogna Caleb en prenant une gorgée de sa bière. Et j'ai hâte de voir la suite. Ça risque d'être amusant.

Il m'adressa un drôle de regard que je ne pus déchiffrer.

— Arrêtez ça, dis-je en grimaçant. On est là pour manger et s'amuser. Tucker est venu des tonnes de fois. Rien n'est différent.

— Bien sûr. Si tu le dis, dit Devin en sortant.

J'ignorais s'il était en colère après moi, Tucker ou quelqu'un d'autre.

— Je vais le suivre, proposa Tucker.

— Tu n'es pas obligé, murmurai-je.

— Si. Tu peux venir aussi tu veux, Caleb.

— Je crois que oui, déclara Caleb en pointant sa bière en direction de Zoey qui lui fit un doigt d'honneur.

La soirée allait être très intéressante.

— Je trouve que ça ne s'est pas trop mal passé, non ? déclara Erin en grimaçant.

— Aussi mal que possible.

— Non, ça aurait pu être pire, déclara Zoey en souriant. Tobey aurait pu se pointer.

Je savais qu'elle essayait de détendre l'atmosphère, et je lui en étais reconnaissante. Tobey avait fait partie de nos vies pendant toutes ces années, et il n'était plus là à présent. Tucker par contre, *était* là, même si j'ignorai ce qu'il fallait en penser.

Le dîner se passa plutôt bien, et tout le monde évita le sujet tabou. J'ignorai si le sujet tabou c'était Tucker et moi, ou Tobey et moi. Peut-être qu'il y avait plein de sujets tabous qui faisaient une ronde main dans la main.

Après le dîner, quand tout le monde aida à ranger, je me retrouvai seule devant l'évier avec Caleb.

— Je sais que tu mens, ma petite. Mais je comprends. Attention à ne pas te blesser et à ne pas le blesser, lui non plus.

Stupéfaite, je le regardai.

— Qu'est-ce que tu racontes ? demandai-je affolée.

— J'ai toujours été capable de voir quand tu mentais. Surtout pour te sortir de petits problèmes quand tu étais enfant. Devin et Dimitri ne s'en rendaient pas toujours compte, mais j'étais un petit démon comme toi. Je suppose que tu as besoin d'un peu de temps calme où personne ne te parlera de Tobey. Je comprends. Mais ne te fais pas de mal en essayant de trouver ton chemin, d'accord ?

Je hochai la tête, les yeux sur ma vaisselle. Je ne voulais pas faire de mal à Tucker. Il était si fort et si doué pour cacher ses émotions que parfois j'oubliais qu'il avait souffert dans son enfance. Je devais en finir maintenant. Seulement je ne savais pas comment.

Je n'aurais pas dû l'ouvrir devant les filles et Jace. J'aurais dû leur dire que j'allais bien. Mais j'avais déjà essayé et ça n'avait pas marché.

— Ça va aller, murmurai-je.

— Super.

Caleb n'en dit pas plus et m'aida à sécher la vaisselle. Une fois terminé, je retournai au salon et c'est là que j'entendis Devin et Tucker.

— Tu fais du mal à ma sœur et t'es un homme mort.

Tucker hocha la tête avant que j'aie eu le temps de dire quoi que ce soit.

— Compris. Je ne ferai rien pour vous perdre, les gars. Je ne risquerai pas ma famille à cause de ça. D'accord ?

Merde, j'étais une personne horrible. Nous étions sa famille. Il n'avait personne d'autre et je l'utilisais.

Il fallait que j'arrête ça. Je devais être honnête et rompre parce que je refusais de lui faire du mal. C'était moi qui étais supposée souffrir, pas lui. Mais quand il croisa mon regard et m'adressa un léger hochement de tête, je ne dis rien.

Il était *si* gentil.

Et j'étais horrible.

Je restai silencieuse sur le chemin du retour. En arrivant chez moi, je pouvais à peine déglutir. J'essayai de donner le change, mais je n'étais pas bien.

Tucker m'accompagna jusqu'à la porte puis à l'intérieur tandis que j'essayais de démêler mes pensées et mes sentiments.

— Bon, ce n'était pas si mal.

Je clignai des yeux.

— C'était nul.

— Peut-être.

Je haussai les épaules et regardai au loin tout en essayant de calmer mon cœur.

— Je connais mon paiement, dit-il doucement.

Paiement ?

— Quoi ?

— Mon paiement. Pour tout ça. Je sais ce que je veux.

— D'accord. Tu veux de l'argent ? Tu gagnes plus que moi, mais je peux te refiler de l'argent.

Il sourit.

— Je ne veux pas d'argent. À chaque rendez-vous, chaque mensonge, j'aurai le droit de t'embrasser.

Je me figeai, la gorge sèche.

— Quoi ?

Mais je fus incapable de réfléchir. Parce que Tucker baissa la tête et posa ses lèvres sur les miennes.

Chapitre Dix

Tucker

NON, JE N'AURAIS PAS DÛ FAIRE ÇA. C'ÉTAIT UNE erreur.

Mais bon sang.

Je n'allais pas m'arrêter. Je ne pouvais pas. La bouche d'Amelia sous la mienne, c'était encore mieux que dans mes rêves et mes fantasmes.

Et j'en avais eu un sacré paquet au sujet de cette bouche.

Je n'allais pas dire que c'était la meilleure sensation, le meilleur baiser de toute ma vie. Parce que même si une part de moi – une part profondément enfouie que je ne pourrais plus jamais regarder en face – pouvait penser cela, je ne devais en aucun cas me le permettre.

Parce que si je le faisais, ce baiser serait beaucoup plus que ce qu'il devait être.

Ce n'était qu'un marché. Un paiement. Rien de plus.

Mais ce n'était certainement rien de moins.

Mes mains sur son visage, j'inclinai légèrement sa tête pour approfondir le baiser. Elle avait un goût de café et de pâtisserie, et représentait une tentation à laquelle je ne pouvais résister.

J'en étais incapable, et je savais que ça pourrait être ma perte.

— Qu'est-ce que... qu'est-ce que c'était ? demanda-t-elle, haletante quand je m'éloignai.

— Mon paiement.

Elle me regarda, les sourcils froncés.

— Tu m'as embrassée. Pourquoi est-ce que tu m'as embrassée ? Ça ne faisait pas partie de l'accord.

Je baissai la tête vers son visage et reculai d'un pas. Puis je fourrai mes mains dans mes poches et me balançai sur mes talons.

— Non. Mais je pense qu'on devrait essayer.

— Ça ne changera rien, Tucker.

Ça ne me fit pas de mal de l'entendre dire ça, parce que je ne voulais pas non plus que ça change quoi que ce soit. Mais je devais l'embrasser. C'était peut-être une mauvaise chose pour tous les deux, mais je devais le faire.

— Bien sûr que ça ne changera rien. Et ça me va.

Ce n'était pas un mensonge.

— Donc tu vas m'embrasser chaque fois qu'on sort ensemble devant ma famille, alors qu'on est censés faire semblant ? demanda-t-elle sceptique.

— Peut-être.

Devant son regard, je poussai un soupir.

— Amelia, ça ne veut rien dire. On est amis.

— Des amis qui s'embrassent.

— Et qui font semblant de sortir ensemble. Je suis ta fausse barbe, tu te souviens ?

— Je ne sais pas si tu plaisantes ou pas.

— Un peu. Mais pas vraiment. Je voulais t'embrasser. C'était plus fort que moi. Et je me suis dit... pourquoi pas ?

— Parce que je ne me suis pas encore remise de Tobey.

J'ignorai pourquoi, mais ça me fit très mal. Ça n'aurait pas dû être le cas pourtant, parce que ce n'était pas comme si je voulais Amelia de cette façon. Évidemment, je voulais l'embrasser, mais je ne pouvais pas laisser cela devenir autre chose. Ça n'aurait été malin pour aucun de nous.

— Alors, tu vas m'embrasser chaque fois qu'on fera semblant de sortir ensemble ? répéta-t-elle.

— Ouais. À moins que tu ne veuilles pas. Si c'est le cas, je ne le referai plus jamais. Je ne te forcerai jamais à rien, Amelia. J'espère que tu le sais.

Elle me fixa pendant un long moment avant de me répondre.

— D'accord. Je peux le faire.

Elle avait si joliment rougi que je fus tenté de toucher sa joue, mais je savais que ce serait une mauvaise idée. À la place, je lui embrassai le bout du nez comme je le faisais toujours, et souris.

— Jusqu'à notre prochain faux-rendez-vous.

— Ou jusqu'à ce qu'on redevienne des amis. Parce que ça ne va pas changer, n'est-ce pas, Tucker ?

Je la regardai dans les yeux et essayai de deviner ses pensées. Le fait de ne pas savoir moi-même ce que *je* pensais, n'aidait sûrement pas.

— Jamais.

Et je partis en espérant de tout cœur ne pas avoir fait une autre erreur.

Le lendemain matin, je me réveillai à nouveau avec une érection, mais je ne me masturbai pas. Ça m'aurait fait probablement penser à Amelia, et je ne voulais plus franchir cette limite. Je ne pouvais pas être un tel enfoiré. Du moins pas à nouveau.

Je pris une douche rapide et me préparai pour le travail, puis fronçai les sourcils quand la sonnette retentit. Je n'attendais aucune livraison.

En ouvrant la porte, je jurai : évidemment, les trois frères Carr : Dimitri, Devin et Caleb.

— Salut, ça te dérange si on entre ? demanda Devin en forçant le passage.

Caleb m'adressa un petit sourire narquois et Dimitri me lança un regard d'excuse.

Une façon intéressante de commencer la journée.

— Je suppose que vous avez besoin de parler ? demandai-je en essayant d'avoir l'air décontracté.

Je refermai la porte pour ne pas laisser échapper la chaleur, et me tournai vers eux.

— Ouais. On ferait mieux de parler.

Caleb croisa les bras sur son torse tandis que Dimitri s'appuyait au mur. Quant à Devin, il faisait les cent pas.

— Qu'est-ce qui se passe, mec ? demanda Devin en me foudroyant du regard sans s'arrêter de marcher.

— Juste ce qu'on vous a dit. On est amis.

Je ne pouvais pas mentir. Pas totalement. Je n'étais pas très doué pour ça de toute façon. J'y arrivais mieux plus jeune, mais c'était pour survivre. Mais mentir à Devin ? Non, vraiment. Je n'étais pas doué, et je ne tenais pas à le devenir.

— D'accord, alors. Vous sortez ensemble.

— C'est plutôt qu'on se voit en tant qu'amis.

Devin secoua la tête et vint droit sur moi. Je me raidis mais ne levai pas les mains. Si Devin voulait me frapper, c'est que je le méritais sûrement. Après tout, dans son esprit je souillais sa petite sœur. Je méritais une raclée.

— Je ne pouvais pas me mêler de sa relation avec Tobey. Je lui avais promis de ne jamais le faire. Mais c'est ma petite sœur, et tu es mon putain de meilleur ami. Donc, je me retrouve en plein milieu.

La honte m'envahit, puis je me souvins de ce baiser et du fait que j'avais déjà rêvé d'elle. L'idée que ce n'était pas tant que ça un mensonge, m'irrita, mais ça me permit de l'affronter plus facilement.

C'était peut-être pour ça que je l'avais embrassée la nuit dernière. Parce que j'avais besoin que ce soit vrai ; pas seulement pour moi, mais pour cette amitié qui avait toujours compté plus que tout pour moi.

— Je ne vais pas lui faire de mal.

— Tu sais, je ne demande qu'à te croire, déclara Devin. Mais je ne sais plus quoi penser. Je ne savais même pas que vous aviez ce genre de rapport.

J'ignorai la douleur causée par ce commentaire.

— Je ne vais pas lui faire de mal, répétai-je. On n'est qu'amis.

— Des amis qui semblent être un peu plus que ça,

déclara Dimitri en secouant la tête. En tout cas, c'est ce que j'ai entendu.

— On est amis, et on se voit à la cool. Il faut qu'elle remonte la pente et s'amuse pour se remettre de Tobey. Et je suis ce genre de mec, vous vous souvenez ? Celui avec qui vous pouvez vous amuser.

Pourquoi cette déclaration semblait si bizarre ?

Caleb secoua la tête, et je me demandai ce qu'il se disait. Caleb voyait généralement trop clair dans les situations.

— Je ne vais pas lui faire de mal, chuchotai-je.

Ça devait être vrai, parce que nous étions amis. Des amis qui pouvaient se désirer sexuellement – c'était évident – mais nous n'allions pas laisser cela se changer en autre chose.

Après tout, elle était toujours amoureuse de Tobey, et moi je ne pouvais aimer personne.

Elle avait besoin que je fasse barrage à sa famille pour réfléchir tranquillement à sa situation. C'était dans mes cordes.

— Tu ne fais pas du mal aux femmes, concéda Devin, les épaules légèrement affaissées. Je te connais. Tu passes de femme en femme, mais pas de la manière dont tout le monde l'imagine. Tu es un homme bien, mais si tu fais du mal à ma sœur, je te botterai le cul. Je ne pouvais pas le faire avec Tobey, mais avec toi, si.

— Merci, dis-je en riant.

Caleb leva les yeux au ciel et Dimitri grimaça.

— Ne me remercie pas. Prends simplement soin d'elle, parce que même si je n'arrête pas de répéter que tu ne dois pas lui faire de mal, je ne veux pas qu'elle t'en fasse non plus. Tu mérites de bonnes choses, Tucker. Et ma sœur est la meilleure. Donc, j'espère que ça marchera vraiment.

Je restai choqué lorsque Devin me serra l'épaule et fit signe à ses frères. Les trois sortirent, me laissant seul et probablement en retard pour le travail.

Merde, qu'est-ce qui venait de se passer ? Était-ce une bénédiction ?

Parce que ça ressemblait vraiment à une bénédiction. Mais ça ne pouvait pas être ça parce que je n'étais pas fait pour Amelia et que c'était une fausse relation. J'étais sa fausse barbe, bon sang. Nous ne pouvions rien être de plus : c'était comme ça.

J'avais besoin que ça reste comme ça.

Je secouai la tête et retournai dans ma chambre pour récupérer le reste de mes affaires et essayer d'être à l'heure. J'avais une longue journée devant moi, et je devais me concentrer sur mes patients et mes dossiers, et non sur Amelia. Mais c'était vraiment dur quand il s'agissait d'elle.

Tout semblait l'être ces jours-ci.

Après dix heures de travail, mes yeux se croisaient, mais ça faisait du bien. Entre-temps, je n'avais pensé à rien d'autre qu'aux patients et à leurs besoins. Il y avait eu quelques cas difficiles que j'allais devoir évacuer et essayer d'oublier, parce que même si je pouvais être dans l'instant avec mes patients et penser aux choses d'un point de vue clinique, je ne pouvais pas ramener toute cette charge émotionnelle chez moi.

Ça faisait peut-être de moi une personne sans cœur, mais je ne pouvais pas ramener tout cela à la maison et continuer à me sentir bien. Les personnes malades n'avaient pas le choix, et je pensais souvent à elles, mais c'était trop pour moi. Je ne pouvais pas vivre cela jour après jour, et rester humain, car tous ces cas se superposaient et auraient fini par me noyer.

C'était ma façon de gérer les choses. Ce n'était peut-être pas la meilleure, mais je savais que je n'étais pas le seul à le faire.

Je dus m'arrêter à la supérette en rentrant, car je n'avais plus de légumes, et que je ne pouvais pas vivre de hamburgers et de frites, même si ça m'aurait plu.

Heureusement, je ne fus pas dragué au rayon fruits et légumes comme ça m'arrivait ces dernières semaines. Peut-être que les femmes voyaient un panneau « *Interdiction* » au-dessus de moi maintenant.

Je fronçai les sourcils, la main sur un brocoli. Interdiction ? Depuis quand étais-je interdit ?

Mais peut-être que je l'étais ? Je ne pourrais sortir avec personne d'autre tant que je serais avec Amelia. Ça ne serait pas bien vis-à-vis d'elle, et ses frères me casseraient sûrement la figure. Je n'allais donc regarder personne, car le but de tout cela était de protéger Amelia.

Et moi aussi par la même occasion.

Rien à voir avec les sentiments.

Pas du tout.

Je rejoignis ma voiture et chargeai mes courses dans le coffre, puis je me figeai en remarquant l'homme qui se trouvait deux voitures plus loin.

Hum. Je connaissais ce mec. Je le connaissais même très bien. C'était du moins, ce que j'avais cru.

— Tobey, grognai-je en appuyant sur le bouton de verrouillage automatique avant de me diriger vers lui.

Les yeux de Tobey s'écarquillèrent et mes poings se serrèrent contre moi.

Oh, j'irai sûrement en prison ce soir. J'allais lui mettre un pain dans la tronche. Mais peut-être qu'il ne le méritait pas. J'avais très envie de lui botter le derrière mais j'allais m'abstenir. Je n'étais pas du genre à réfléchir avec mes poings, même si l'envie me démangeait en ce moment.

— Salut Tucker. Quoi de neuf ? demanda-t-il rapidement en refermant son coffre avant d'enfoncer ses mains dans ses poches.

Ce n'était sûrement pas la meilleure position à adopter en cas de bagarre. Mais Tobey pensait probablement qu'il n'avait rien fait de mal. Après tout, ce n'était pas comme si lui et Amelia étaient sortis ensemble... contrairement à ce qu'on croyait tous.

Le problème cependant, n'était pas le fait qu'ils soient sortis ensemble, mais leur amitié. Ils avaient été les meilleurs amis, et il l'avait blessée.

L'impression de faire la même chose avec Devin, n'arrangeait probablement pas mon attitude.

— Qu'est-ce qui ne va pas chez toi ? grognai-je en sentant la colère monter en moi.

— Comment ça ?

— Comment as-tu pu faire ça à Amelia ?

Je n'aurais pas dû me mêler de ça : ce n'étaient pas mes affaires. Mais, techniquement, je mentais à mes meilleurs amis et je faisais semblant de sortir avec Amelia à cause de ce con. Alors, peut-être que j'avais besoin de déverser ma rage sur lui.

Après tout, c'était soit ça, soit me crier dessus. Et je l'avais déjà fait.

— Je n'ai rien fait à Amelia. C'est elle qui m'a fait quelque chose.

Il avait vraiment de la chance qu'on soit dans un lieu public, sinon je lui aurais mis une raclée. Parce que même si Tobey était large et avait du muscle, j'étais un meilleur combattant. Tobey n'avait pas de courage. Je ne sourirais peut-être plus, mais j'étais plus à même de lui donner une correction à cet enfoiré.

Et chaque fois que je regardais son petit sourire de mauviette, ça me donnait envie de le frapper davantage.

Encore et encore.

Putain d'enfoiré.

— Excuse-moi ?

— C'est elle qui a réagi comme ça. Je suis désolé qu'elle se soit fait de fausses idées. Qu'elle ait cru qu'elle m'aimait, ou que je pouvais l'aimer. Ce n'est pas le cas. Mais il a fallu que comme toujours, elle donne dans le mélo.

Quoi ? Ce type n'était pas censé être son meilleur ami ? Qui parlait de cette façon d'une personne aimée, même si ce n'était pas de l'amour romantique ? Il devait bien y avoir quelque chose chez ce mec pour qu'elle l'aime autant. Je ne voyais pourtant rien à part une grosse larve qui ne méritait absolument pas ce qu'Amelia ressentait. Mais je n'allais pas le dire à Amelia, parce qu'elle ne me croirait pas : l'amour est aveugle.

— Qu'est-ce qui ne va pas chez toi ? répétai-je en secouant la tête.

— Tout va bien chez moi. Je suis désolé qu'elle se soit fait des idées. Et une fois que Beth se sera calmée, je reviendrai. Tu sais bien qu'elle était mon amie. Je déteste lui faire du mal, mais les choses sont bizarres maintenant, et je ne veux pas gâcher ma relation avec Beth.

— Tu as fait marcher Amelia. Elle t'aimait. Tu as bien dû t'en rendre compte. Merde, même moi je l'ai vu.

— Bien sûr, mais je n'ai pas pris ça au sérieux. J'ai cru que c'était une petite amourette parce que j'étais le seul mec qu'elle fréquentait. Enfin, à part toi. Mais tu ne comptes pas vraiment.

Je n'allais pas frapper cet homme. Je n'allais pas frapper cet homme.

Je devais me le répéter, parce que j'avais besoin de mes mains pour travailler. Et puis aller en prison et avoir besoin que Devin paye ma caution ferait sûrement désordre. Oh, Devin le ferait avec joie, surtout si je bottais le cul de Tobey. Mais quand même.

Et Tobey était le genre de mec à porter plainte.

— Je ne te comprends pas. Pourquoi as-tu caché Beth si tu pensais que ce qu'Amelia ressentait pour toi n'était pas si important ?

— Parce que c'était à moi. Tu comprends ?

— Quoi ?

— Merde.

Il leva les mains en l'air et commença à arpenter le parking. J'espérais vraiment qu'il se fasse percuter par une voiture. Puis ça me rappela Devin, et j'eus soudain envie d'un verre.

— C'est dur d'être avec Amelia. Elle a tellement d'énergie. Avec elle, tout doit être fait sur-le-champ. Tout tourne toujours autour d'elle. C'est jamais assez. Tu comprends ?

Qu'est-ce qu'il racontait, bordel ?

Amelia s'occupait de tout le monde sauf d'elle-même. Oui, on lui refilait tous un coup de main dans son travail, mais elle s'investissait constamment pour les autres. C'est nous qui lui proposions notre aide de manière spontanée : on passait si on pensait qu'elle pouvait avoir besoin de nous. On plaisantait en disant qu'elle nous faisait trimer, mais ce n'était vraiment pas le cas. Et elle était toujours là pour nous, quoi qu'il en arrive. Elle avait toujours été là pour moi, et ce n'était que récemment qu'on était devenus vraiment amis. Bien sûr, elle était bouleversée émotionnellement en ce moment – grâce à cet enfoiré – et oui, on avait tous fait bloc autour d'elle... Probablement un peu trop, d'où cette relation factice.

Mais merde.

— Non je ne comprends pas. Je ne sais pas du tout ce que tu t'es imaginé à propos d'elle. Tu ferais mieux d'y aller... avant que je t'en colle une. Va te faire foutre.

Tobey ricana... un putain de ricanement.

— Tu sais quoi ? Laisse tomber. Tu devrais sortir avec elle. Après tout, c'est bien toi l'homme à femmes qui sort avec des tonnes de gonzesses. Tu pourrais peut-être lui apprendre quelques petits trucs pour qu'elle m'oublie.

Il tourna alors les talons et monta dans sa voiture. Je restai planté là, me demandant qui était cet homme. Parce que ce n'était pas le Tobey que je connaissais depuis si longtemps.

Ce n'était pas le mec dont Amelia était tombée amoureuse.

Alors qu'il s'éloignait, je m'interrogeai sur ce que j'allais bien pouvoir faire avec Amelia.

Est-ce que je devais lui parler de ça ? Non, ça la blesserait probablement.

Il fallait pourtant que je fasse quelque chose.

Soudain, comme si je ne pensais pas déjà assez à elle, mon téléphone sonna. Je regardai l'écran et me pinçai l'arête du nez en m'exhortant au calme.

— Hé, dis-je en souriant.

— Bonsoir, tu veux aller dîner ce soir ? demanda Amelia d'une voix un peu distante.

— Je viens de sortir du travail et je meurs de faim. Mais c'est pour un faux rencard ? demandai-je d'un ton jovial, comme si je la taquinais.

— Ça, ou juste un rencard d'amis. Je ne sais pas. Je ne suis vraiment pas douée pour mentir, et je sais qu'on fait une énorme erreur. Alors, allons dîner et faisons comme si tout allait bien. Je t'invite.

Je souris en regardant mes pieds.

— Un rencard d'amis ça me va, Amelia.

— Super. Je peux passer te prendre.

— Ouais, faisons ça.

Je raccrochai en me demandant ce que j'allais bien pouvoir lui dire. Et pourquoi le simple fait d'entendre le son de sa voix me réchauffait de l'intérieur.

Tout cela était une mauvaise idée, mais c'était sûrement mieux que tout ce que Tobey avait à lui offrir.

Ça au moins, j'en étais sûr... même si ça restait une erreur.

Chapitre Onze

Amelia

— Un rencard d'amis ?

Qu'est-ce que c'était qu'un « *rencard d'amis* », et pourquoi en avais-je proposé un à Tucker ? J'étais en train de perdre la tête.

Non, je l'avais perdue le soir où j'avais enfilé ce nouvel ensemble soutien-gorge et culotte – celui que j'avais jeté à la poubelle car je ne voulais plus jamais le revoir.

Je chassai rapidement cette pensée de mon esprit et pris mon sac pour aller chercher Tucker. Je m'étais dit que puisqu'on faisait n'importe quoi, autant aller le chercher plutôt que ce soit lui qui vienne. Sur le coup ça m'avait paru logique, mais un peu comme tout le reste en ce moment.

Je n'étais vraiment pas douée pour cette histoire de fausse relation. Non pas que je sois douée pour les vraies relations non plus.

Je montai dans ma voiture, heureuse d'avoir opté pour mon gros manteau avec une bordure en fausse fourrure au lieu de ma veste en cuir habituelle. J'avais probablement l'air d'être prête à combattre l'abominable homme des neiges, mais au moins j'avais chaud.

Je portais également un haut noir avec de la dentelle qui montait jusqu'au cou, ainsi qu'un pantalon noir moulant et des bottes qui montaient jusqu'aux genoux. J'étais entièrement couverte, et un peu sur la défensive.

Tucker m'avait déjà vue pratiquement nue et je ne voulais pas que ça se répète. Peut-être que mes choix vestimentaires traduisaient un peu mon désir de me protéger. Après tout, je ne voulais pas continuer à montrer mes seins alors que ça se terminait mal chaque fois.

Il devait m'attendre car je m'étais à peine garée qu'il sortit, verrouilla sa porte et remonta la fermeture éclair de son manteau avant de trottiner jusqu'à ma voiture. Je n'eus même pas le temps d'éteindre le moteur qu'il était là, sur mon siège passager, arborant son sourire malicieux.

Le sourire qui me faisait des choses bizarres à l'intérieur. J'ignorai la sensation, car c'était une sortie entre amis : on était amis.

Et oui, si on faisait semblant de sortir ensemble, il gagnait le droit de m'embrasser à nouveau. Honnêtement, j'ignorais si je le voulais, parce que même si ça avait été l'un des baisers les plus incroyables de ma vie, ça ne voulait pas dire que ce serait intelligent de recommencer. En fait, ce serait probablement la pire chose qu'on puisse faire.

— Je vois que tu as trouvé facilement, déclara Tucker en attachant sa ceinture de sécurité.

— Je suis déjà venue plusieurs fois.

Je sortis de son allée en marche arrière et pris la direction de mon restaurant préféré. Je savais que Tucker aimait aussi la cuisine coréenne car je l'avais vu en manger. Donc, avec un peu de chance, il aimerait aussi cet endroit.

— Comme ce n'est qu'une sortie entre amis, je ne savais pas trop si je devais me lancer dans mes répliques habituelles.

— Tes répliques ? demandai-je en reniflant.

— Tu sais. Du genre : « La chute n'était pas trop douloureuse ? », demanda-t-il d'une voix grave.

Je levai les yeux au ciel.

— Si tu me sors que je dois être tombée du ciel parce que je ressemble à un ange, je vais être dans l'obligation de te mettre une baffe.

Il sourit en secouant la tête.

— Je l'aurais dit avec un peu plus de finesse que ça, même si je n'ai jamais utilisé cette réplique. Ça se dit que dans les films. Ou si tu es dans un bar et vraiment bourré.

— C'est bon de savoir que tu n'es pas si pathétique.

— *Si pathétique* ? Alors, je le suis un peu ? Je ne sais pas ce que je suis censé ressentir.

— Je suis sûre que tu t'en remettras très bien. Et vraiment, ce n'est qu'un rencard entre amis. Ou plutôt « un dîner avec une amie ». On n'a pas besoin d'utiliser le mot « *rendez-vous* ».

— J'aime bien, dit-il en me serrant rapidement la main.

Je déplaçai ma main du levier de vitesse où elle reposait et la remis sur le volant. Oui, mettre de l'espace serait parfait. Beaucoup, beaucoup d'espace. Cette sortie était probablement une erreur d'ailleurs, mais je n'étais vraiment pas douée pour prendre des décisions intelligentes en ce moment. Ni jamais d'ailleurs. Pour le travail et la famille, ça allait, mais pas pour moi-même apparemment.

— Alors, où allons-nous ? demanda-t-il en s'adossant au siège.

Je fis exprès de ne pas le regarder, parce que justement j'avais très envie de le regarder.

— On va à ce nouveau restaurant coréen. Bon, d'accord, il n'est pas vraiment nouveau. Il est là depuis plusieurs années, mais je l'appelle toujours le « nouveau restaurant » parce que j'y suis allée le week-end de l'ouverture, et maintenant j'y vais le plus possible.

— Ah oui. J'adore cet endroit. J'y suis allé avec Devin plusieurs fois et il adore aussi.

Un silence épais s'installa entre nous. J'étais sûre qu'on aurait pu le toucher en tendant la main.

— Je n'aurais pas dû le mentionner ? demanda-t-il, confus.

Je secouai la tête et mis mon clignotant pour entrer dans le parking.

— Non. Ce n'est pas grave. C'est juste bizarre. Je n'aime pas qu'on lui mente.

— Moi non plus.

— Je sais que c'était mon idée. Mais c'était tellement agréable de ne pas voir de pitié dans leurs regards. C'est de ma faute.

— C'est moi qui ai accepté pourtant.

— Et je ne comprends toujours pas pourquoi.

— Parce que je ne veux pas que tu aies l'impression que les gens ont pitié de toi.

À sa façon de le dire, je me demandai si c'était toute la vérité. Mais j'imagine que nous étions tous les deux un peu perdus.

— Je dois lui dire.

— D'accord. On le fera.

— Sauf que je ne sais pas quand, dis-je rapidement alors que nous sortions de la voiture.

— Ouais, ça va être une conversation amusante, mais on s'en sortira. Maintenant, assez de ça. C'est juste un rencard d'amis, non ? dit-il en me prenant la main et en la serrant alors que nous entrions dans le restaurant. Donc pas de prise de tête, pas besoin d'être nerveuse ou de se sentir mal à l'aise. On va s'amuser, raconter des conneries et faire ce que font les amis.

— C'est ça un rencard d'amis ?

— Puisqu'on invente le mot, c'est sûrement ça. Tu n'as pas à faire ce que tu ne veux pas.

— J'aime bien les rencards d'amis. Tant que c'est avec toi.

Je n'arrivais pas à croire que j'avais dit ça. Qu'est-ce qui n'allait pas chez moi ?

Mais Tucker me sourit, ignorant ma phrase bête alors qu'on se dirigeait vers le stand des hôtesses.

C'était une petite brune avec de grands yeux et un

173

magnifique sourire. Sa chemise blanche et son pantalon étaient si ajustés que je pouvais voir toutes ses courbes.

— Bonsoir, Samantha, dit Tucker après avoir lu le nom inscrit sur le badge.

Je résistai à l'envie de lever les yeux au ciel compte tenu de l'emplacement stratégique du badge. Ses seins étant encore plus gros que les miens, il n'y avait vraiment pas d'autre endroit où les mettre que sur le renflement.

Mais je ne lui en voulais pas. Elle était séduisante et j'avais l'impression que moi non. Mais je n'allais pas me laisser aller à la jalousie. C'était un rencard entre amis et Tucker était autorisé à flirter avec qui il voulait. Mais il ne flirtait pas ; il était simplement gentil. Parce que c'était Tucker. Bien sûr, à la façon dont les yeux de Samantha s'illuminèrent comme un chat devant un bol de crème, elle avait bien envie de flirter. Eh bien il était à elle, car Tucker et moi n'étions qu'amis.

Continue à te le répéter, Amelia. C'est tout à fait vrai.

— Bonsoir. Que puis-je faire pour vous ?

La voix de Samantha était-elle voilée ? Oui, il y avait même une pointe de séduction. J'étais certaine que sa voix était plus aiguë quand je l'avais entendue plus tôt. L'effet Tucker, de toute évidence.

— Une table pour deux s'il vous plaît, dit-il en me regardant.

Il me prit la main et la serra, mais cette fois, il ne la relâcha pas. Je regardai nos mains jointes puis levai les yeux vers lui.

D'accord... Bizarre.

Je ne manquai pas le regard de déception, et peut-être même de légère colère de Samantha. Il est vrai que Tucker était séduisant. Je ne pouvais pas la blâmer. Je me serais également sentie jalouse si je pensais qu'il flirtait avec moi. Oui, il m'avait embrassée, mais ce n'était qu'un petit baiser. Presque rien... Ça ne signifiait rien.

Ça ne devait rien signifier.

— Oui, par ici.

Elle prit les menus, regarda longuement Tucker, puis tourna les talons, s'attendant à ce que nous la suivions.

Tucker me regarda et je fis un geste après la très pulpeuse et sexy Samantha.

— Eh bien, allez. Allons manger.

— C'est quoi ce regard ? demanda Tucker.

— Tu ne sais vraiment pas ?

— Non. Éclaire-moi.

— Bon il faut qu'on suive Samantha pour rejoindre notre table, sinon elle sera encore plus déçue.

Devant son air confus je secouai la tête, et le tirai en avant pour aller nous asseoir.

Je ne manquai pas les nombreux regards de la part d'hommes et de femmes alors que nous avancions. Je ne pensais pas qu'aucun soit pour moi. Bien sûr, il m'arrivait de me faire draguer, mais je n'étais pas Tucker. Il y avait quelque chose chez lui. Il était plus que séduisant, mais ce n'était pas uniquement son apparence. Il dégageait quelque chose qui attirait les gens comme des papillons vers la lumière. Vous ne vous rendiez même pas compte que vous vous étiez approché et mis sur la pointe des pieds pour être encore plus près, avant d'y être. Je ne l'avais jamais remarqué avant, quand je pensais que Tobey était mon seul et unique amour. Ça m'avait clairement échappé, mais Tucker n'était que mon ami à l'époque. Il l'était toujours d'ailleurs, même si je savais de quoi il avait l'air presque nu.

Et que je connaissais la sensation de sa bouche sur la mienne.

Il fallait que j'arrête d'y penser. Je ne voulais pas avoir le visage rouge et haleter sur mon siège en pensant à lui. Ce ne serait bon pour personne.

— Merci, dis-je à Samantha qui nous indiqua la banquette dans le coin.

— De rien, répondit-elle en regardant directement Tucker.

Elle posa les deux menus devant lui, lui fit un clin d'œil et s'éloigna en balançant légèrement ses hanches.

— Tu sais que ça pourrait être agaçant si je ne savais pas que tout le monde agit comme ça avec toi.

— Vraiment ? demanda-t-il en me tendant un menu. Et comment agissent-ils ?

— Ah, tu le sais. Le truc habituel de te draguer, de ne pas pouvoir s'empêcher de se prosterner à tes pieds et de chercher à t'inviter.

Tucker leva les yeux au ciel.

— Ce n'est pas à ce point.

— Euh, si.

— Je vois des hommes te draguer tout le temps. Tu es belle et tu as cette façon d'être. Ton sourire les attire comme des abeilles vers une fleur.

Mon estomac se retourna à ces mots et mes joues devinrent brûlantes.

— Ce n'est pas la même chose. Les gens aiment être près de toi.

Il haussa les épaules et s'adossa au dossier de la banquette.

— Peut-être. Mais je pense que c'est pareil pour toi. Tu étais simplement hyper concentrée sur quelqu'un d'autre avant, donc tu ne le voyais pas.

J'ouvris la bouche pour argumenter, mais il me caressa la main avant de poser sa paume sur mes doigts.

— Oublie que j'ai dit ça. On ne parlera plus de lui. Jamais.

Son ton plus grondant que d'habitude m'inquiéta un peu, car j'en ignorais la raison. Est-ce qu'il s'était passé quelque chose ? Je ne pensais pas que les deux fréquentaient les mêmes cercles d'amis, en dehors de ma famille, mais je n'en étais pas sûre. Peut-être que j'imaginais des choses ?

— Il y a au moins six femmes dans ce restaurant, et probablement quelques hommes, qui te regardent.

— Et probablement le même nombre qui te regarde. Hommes et femmes, répondit-il avec un reniflement dédaigneux.

— Sûrement parce que je suis à côté de toi. Tu as toujours été un homme à femmes.

Il fronça légèrement les sourcils en regardant son menu. Mais avant qu'on puisse clore cette discussion le serveur apparut pour nous apporter deux verres d'eau et prendre nos commandes de boisson. On commanda tous deux de la bière japonaise car c'était un restaurant fusion, et pas uniquement coréen, et on se détendit en fermant nos menus. Apparemment, on avait tous les deux déjà choisi. Tant mieux, parce que j'étais affamée.

— Tu es un homme à femmes, répétai-je, voulant terminer la conversation.

— Mais je ne suis jamais infidèle. Et je ne sors pas

avec des femmes prises. J'ai des règles. Je ne suis pas un enfoiré.

Il paraissait tellement agacé que je tendis la main par-dessus la banquette et lui caressai le bras. Il sourit et retourna sa paume pour que je puisse y poser la main. Les amis faisaient ça, n'est-ce pas ?

— Tu n'es pas un enfoiré. Et je sais que tu ne trompes pas les femmes. C'est juste que je vois que tu as beaucoup de succès.

Tucker haussa les épaules.

— Je ne sors qu'une fois ou deux avec la même femme. Je ne veux pas me marier.

Je me sentis déçue sans trop savoir pourquoi, car je le savais déjà.

— À cause de ce qui s'est passé avec tes parents ?

— Peut-être. Je ne veux pas ce truc d'engagement et de fonder une famille. Ça avait beaucoup plus de sens quand j'étais plus jeune, et je me suis collé cette étiquette. J'imagine que c'est devenu une habitude à force. J'aime ma vie. J'aime la famille que j'ai trouvée. J'aime mes amis. Je n'ai besoin de rien de plus.

Je n'eus pas le temps d'approfondir ou de réfléchir à ce qu'il voulait dire, car en levant la tête mes yeux s'écarquillèrent. Je déglutis avec peine et Tucker se retourna en fronçant les sourcils pour voir ce que je regardais.

— Ah, eh bien, on savait qu'ils aimaient l'endroit.

Carrie Ann Ryan

Erin et Devin nous firent signe depuis leur table. Erin nous adressa un grand sourire et mon frère un plus petit. Il n'avait pourtant pas l'air trop en colère, plutôt résigné. Et peut-être avec un peu... d'espoir ?

Mon estomac se serra et j'en eus l'appétit coupé.

— J'imagine que ça vient de virer au faux rencard, déclara Tucker déçu.

Visiblement nous n'étions pas très doués pour ça.

— Je suis désolée.

Il se rapprocha de moi sur la banquette, passa son bras autour de mon épaule, puis m'embrassa sur la tempe.

— C'est bon. On fait ce qu'on avait prévu. Ne changeons rien.

Je levai alors les yeux vers lui et hochai la tête en essayant de sourire.

— Oui. Ne changeons rien.

Mais j'avais le sentiment que tout allait basculer. Et je n'étais vraiment pas douée pour le changement.

On termina de dîner, et Devin et Erin nous laissèrent tranquilles en ne venant pas nous dire bonjour. C'était également un tête-à-tête pour eux, donc je n'eus pas mauvaise conscience. Ils avaient besoin de se retrouver car ils travaillaient dur et avaient rarement du temps à se consacrer, au-delà des moments volés. J'avais l'impression que Devin ne savait pas vraiment comment

180

réagir par rapport à Tucker et moi, tout comme nous ne savions pas comment faire avec lui, alors on garda nos distances. Mais ce n'était pas un vrai rendez-vous de toute façon. C'était un faux.

Et pourquoi détestais-je cela ?

— D'accord, c'était un faux rencard, déclara Tucker alors que nous nous dirigions vers sa maison.

Je le déposai, mais je voulus le raccompagner jusqu'à sa porte. Après tout, c'était moi qui étais passée le prendre. Autant continuer cette soirée étrange jusqu'au bout.

— Oui. Je suis désolée. Je voulais vraiment un dîner entre amis.

Il fronça les sourcils et se tourna vers moi pour prendre mon visage dans ses paumes.

— C'était un dîner entre amis. Peu importe les étiquettes qu'on y colle ou ce que nous faisons, peu importe ce qui se passera ensuite : nous étions deux amis à ce moment-là, et nous sommes deux amis maintenant. Ça ne va pas changer, Amelia. J'espère que tu t'en rends compte.

Il y avait une telle intensité dans son regard et dans ses paroles que je me figeai, la bouche sèche.

— Je ne veux pas que ça change, murmurai-je. J'aime ce que nous sommes.

Mais le fait était que nous avions déjà changé les

choses. Nous n'étions plus les mêmes personnes qu'avant cet arrangement. Tout était différent. Et même si je n'aimais pas particulièrement le changement, celui-ci me plaisait. J'en voulais plus. Et ça me faisait peur.

Mais avant que je puisse approfondir l'idée, ou m'enfuir ou essayer de tout oublier, Tucker plongea dans mon regard, et j'en eus le souffle coupé.

— Je pense que tu me dois un paiement, dit-il dans un grondement sourd.

— J'imagine que oui, chuchotai-je d'une voix haletante.

Mes cuisses se serrèrent et mon estomac se retourna, mais je levai les yeux vers lui sans pouvoir m'empêcher d'en vouloir plus.

Et quand ses lèvres furent sur les miennes, ses mains toujours sur mon visage, j'enroulai mes bras autour de sa taille et l'attirai plus près.

Il gémit dans ma bouche et je goûtai la saveur de la bière, du dessert, et celle de Tucker.

Il m'embrassa et j'en voulus plus.

Pour quelqu'un qui faisait erreur sur erreur, ça aurait dû m'inquiéter. Mais entre la chaleur de son corps et sa bouche sur la mienne, je m'en foutais complètement.

Chapitre Douze

Tucker

Je savais que j'aurais dû m'éloigner. Mais je savais aussi que je n'en ferais rien.

Je dus finalement me résoudre à détacher mes lèvres d'elle afin de reprendre mon souffle. Je posai alors mon front contre le sien et elle se serra contre moi. Ce que nous faisions était mal et ça allait nous attirer tant d'ennuis, mais je ne pouvais m'en empêcher. Amelia était ma faiblesse. Ma tentation. Dire que je ne m'en étais jamais rendu compte.

Comment m'avait-elle fait ça ?

Comment m'étais-je laissé embarquer là-dedans ?

J'étais incapable de réfléchir et je m'en fichais, car elle était dans mes bras et qu'il m'en fallait plus. J'en voulais plus.

— Qu'est-ce qu'on est en train de faire ? chuchota-t-elle, haletante, d'une respiration semblable à la mienne.

Mes mains descendirent le long de son dos pour se poser sur ses fesses. Nous étions sur le pas de ma porte, à la vue de tout le monde. Mais il était tard et il faisait suffisamment sombre pour que personne ne puisse vraiment nous voir. La lumière du porche était éteinte et le froid était assez mordant pour que personne ne mette le nez dehors.

— Je ne sais pas, lui dis-je enfin. Mais je pense que je ne veux pas arrêter.

Elle leva alors les yeux vers moi, les lèvres gonflées par mes baisers, et en en implorant davantage. Du moins c'est ce que je pensais. Ce que j'espérais.

— Peut-être qu'on devrait rentrer à l'intérieur.

Mon sexe se tint au garde-à-vous à cette suggestion et se pressa avec force contre la fermeture éclair de mon pantalon.

— Ah ?

Il y avait tant de choses contenues dans cet unique mot, presque un grognement, que j'eus peur qu'on s'arrache nos vêtements sur-le-champ.

— Pour parler, précisa-t-elle d'une voix tout aussi essoufflée.

Je n'arrivais pas à arrêter la course de mon cœur, surtout avec la façon dont elle me regardait, et j'avais l'impression que c'était pareil pour elle.

Qu'est-ce qui n'allait pas chez nous ?

— Pour parler, répétai-je sans savoir si c'était vrai.

Je la relâchai mais uniquement pour lui prendre la main avant d'ouvrir la porte. Après être rentrés, je me jetai sur elle pour absorber son goût. Parler attendra.

Pressant son dos contre la porte, mes mains se posèrent sur son visage alors que j'approfondissais le baiser et mêlais nos langues. Elle gémit dans ma bouche en me griffant le dos à travers ma veste.

Je voulais lui arracher ce truc en fausse fourrure qui la rendait si adorable, la déshabiller entièrement et la lécher lentement de la tête aux pieds, lui écarter les jambes et m'enfoncer en elle pour ressentir ce sentiment de paix que j'ignorais jusque-là désirer.

Je voulais sentir sa chaleur humide, sentir ses muscles internes se resserrer autour de moi alors que je jouirais en elle et qu'elle crierait mon nom.

J'aurais ensuite posé mes lèvres sur ses seins tentateurs que j'avais déjà vus une fois. J'aurais usé de mes mains pour les presser, les malaxer et les mordre, la mettre à genoux en la prenant par les cheveux pour aller et venir dans sa bouche pulpeuse. Que ses lèvres soient encore plus gonflées et sa langue couverte de mon sperme alors qu'elle me prendrait en entier.

Je voulais mettre ma tête entre ses cuisses, lécher son nectar en mordillant son clitoris tout en utilisant mes doigts pour l'amener à l'extase. Jouer avec ses fesses, voir si elle aimerait ça, découvrir si elle laisserait mes doigts l'explorer.

Je voulais tout ça.

Et ça faisait de moi un véritable bâtard.

Mais je m'en foutais royalement, parce que tout ce que je voulais, c'était elle... Même si ça devait nous envoyer tous les deux en enfer.

— Dis-moi d'arrêter, dis-je en reculant la tête.

Nos corps étaient pressés l'un contre l'autre. J'avais posé mes mains sur la porte, au-dessus de sa tête, pour m'empêcher de la caresser. Elle gémit et cambra ses hanches vers les miennes.

J'essayai de compter jusqu'à dix pour que ma queue n'explose pas sur-le-champ. Elle était le péché, la tentation incarnée, et toutes les choses que je ne pourrai jamais avoir, mais je m'en fichais. Je la voulais maintenant, même si ça devait nous briser tous les deux.

— Je ne sais pas si je peux te dire d'arrêter, murmura-t-elle. Qu'est-ce qu'on est en train de faire ?

Je déglutis avec peine, fermant les yeux et essayant

de compter à nouveau.

— Appelons ça... du sexe entre amis. Du sexe barbe. Pas de liens, pas d'engagements. On reste tel qu'on est : amis d'abord, amants ensuite.

Ses yeux s'écarquillèrent au mot « *amants* », mais j'espérai que ça passerait. Je ne voulais pas la perdre, mais je devais l'avoir. Un égoïste : voilà ce que j'étais. Mais entre mon sexe dur et mon cœur battant avec force, je m'en foutais.

— Sexe barbe. Ça me va, dit-elle en souriant et passant ses mains sur ma vraie barbe. Et tu as déjà les accessoires.

— Je n'arrive pas à croire que tu aies utilisé le mot « *accessoires* ». Je réfléchis sous forme de grognement maintenant.

Je poussai sensuellement mes hanches contre elle, et ses pupilles s'élargirent.

— Oh, ça me va aussi. Plus de mots.

Je secouai la tête en serrant les dents.

— Encore un peu.

— D'accord. Ce que tu veux.

— On reste avant tout des amis. C'est ce que nous sommes. Et il n'y aura que toi et moi. Tant que ça durera.

Je ne trichais pas et je ne chassais jamais sur les plates-bandes des autres. Je ne faisais jamais ce genre de choses, même si certains le pensaient. Je sortais peut-être avec beaucoup de femmes, mais je n'étais pas le bâtard que certains pensaient.

— D'accord. Juste toi et moi. Pas de serveuse ou de femme rencontrée à la supérette.

Je souris et me penchai pour mordre sa lèvre avant de la lécher.

— Ça me va. Uniquement toi et moi. Donc pas de mec au travail qui te propose de soulever ton bordel et de prendre soin de toi.

Elle secoua la tête, les yeux rieurs malgré le désir qui y brillait.

— Arrête un peu. Je peux soulever mon bordel toute seule.

— Ouais. Tu peux. Et je serai là pour t'aider. Mais pas d'autre sex friend. Pas d'autre sexe barbe. Juste nous deux.

— Je suis certaine qu'on est les seuls à appeler ça « sexe barbe ». Dans toute l'histoire de l'humanité.

— Alors j'imagine que c'est spécial à nous.

— Spécial, dit-elle avant de marquer une pause. J'aime le spécial.

Puis mes lèvres furent à nouveau sur les siennes, et j'essayai de continuer à compter pour ne pas éjaculer.

Ses mains glissèrent le long de mon dos, prenant mes fesses, et je souris contre sa bouche en basculant mes hanches contre elle. Elle gémissait chaque fois que j'entrais en contact, et j'avais hâte de m'enfoncer en elle. Tout en l'embrassant, je saisis ses fesses et les pressai fermement en faisant onduler mon bassin, la faisant à nouveau gémir.

— Je vais lécher tout ton corps, te faire jouir avec ma bouche, et ensuite avec ma queue. Et si tu me le permets, je vais jouer avec ton petit cul et voir jusqu'où tu peux jouir.

Quand je glissai mes doigts le long de sa vulve à travers son pantalon, ses yeux s'écarquillèrent et sa bouche s'ouvrit.

— Tu veux jouer avec mes fesses ? demanda-t-elle incrédule.

— Si tu es d'accord. Un doigt ou deux.

Elle renifla.

— Disons juste un seul alors. Peut-être qu'on pourra ajouter un deuxième plus tard.

Je me figeai, et elle aussi, comme si elle avait répondu sans réfléchir.

— Tu es sérieuse ?

— Oui. Il m'est arrivé une ou deux fois d'utiliser un plug à l'époque. Je pense que je peux supporter ton doigt.

Je grognai en laissant retomber ma tête en avant.

— Ne dis pas des choses pareilles quand je suis

dans cet état. Je ne vais pas pouvoir tenir.

Elle rit et posa sa main sur mon sexe. Je relevai aussitôt la tête et gémis.

— Ne fais pas ça, bébé.

— Tu veux dire… ça ? demanda-t-elle innocemment avant de me caresser à travers mon jean.

Je m'éloignai, et quand elle essaya de recommencer, je plaquai ses mains au-dessus de sa tête, contre la porte.

— OK, à mon tour.

— Montre-moi ce que tu as, Tucker.

— Volontiers.

Je l'embrassai à nouveau, laissant de douces morsures et des mordillements le long de sa mâchoire et dans son cou. Je lâchai ses mains pour pouvoir lui enlever sa veste et faire passer son T-shirt par-dessus sa tête. Elle se retrouva en soutien-gorge, pantalon et bottes, et je déglutis, contemplant tout mon saoul.

Je retirai ma veste, puis mes chaussures pour ne pas oublier plus tard, et fondis sur ses seins pour y laisser des baisers claquants par-dessus son soutien-gorge.

— J'aime la dentelle, dis-je, prenant ses seins dans mes paumes et laissant mon pouce glisser contre ses mamelons.

Elle prit de petites inspirations brusques et hocha la tête.

— Je suis contente que ça te plaise. Même si je

porte ça pour moi, pas pour toi.

— Eh bien, j'aime la façon dont tu te traites.

Je suçai son mamelon à travers la dentelle et me délectai de son ronronnement. J'accordai ensuite la même attention à son autre téton avant de l'embrasser à nouveau sur les lèvres.

Sa main me caressa le dos et tira sur mon T-shirt, alors je le fis passer par-dessus ma tête. La façon dont elle me parcourut du regard me plut.

— Je t'ai déjà vu avec rien qu'une serviette, mais merde, ton corps est quand même intimidant.

Je haussai un sourcil et regardai ses courbes.

— Tu t'es déjà vue dans un miroir ? Tu es tellement désirable. Ne te sens jamais intimidée par moi.

— Tu es la perfection, Tucker. Et tu le sais.

Je haussai les épaules et repoussai quelques souvenirs d'enfance. Je n'avais pas toujours ressemblé à ça. Je m'entraînais dur maintenant parce que j'avais du temps et de l'argent. Je n'avais ni l'un ni l'autre quand j'étais plus jeune et très maigre. Difficile de rester en forme et en bonne santé quand on passait de famille d'accueil en famille d'accueil. Parfois, ils n'avaient même pas assez de nourriture, même s'ils recevaient l'argent de l'État.

Le bout de ses doigts caressa ma joue.

— Je ne voulais pas te faire partir, dit-elle d'une voix douce qui m'alla droit au cœur.

— Pas de soucis. Je suis ici. Juste toi et moi.

— Bien.

Je l'embrassai à nouveau, cette fois un peu plus lentement avant que mon esprit revienne entièrement. Je voulais aller fort, vite et conjurer tous mes démons. Qu'on soit nous-mêmes. Si c'était trop doux ou trop romantiques, ça nous ferait du mal au final. Ça devait rester du sexe barbe : dur et rapide.

Je défis son soutien-gorge et le laissai tomber au sol, puis prodiguai mon attention à ses seins et leurs pointes rouges en les suçant fort.

Elle gémissait et tremblait. Je la désirais avec une telle force, mais je n'étais pas sûr de pouvoir attendre.

— Je veux te baiser contre cette porte. Tu veux bien ?

— Tu en as mis du temps, me taquina-t-elle.

Je lui administrai un baiser dur et sonore, et tendis la main vers ma table d'entrée où j'avais laissé des préservatifs – pas parce que je pensais avoir un jour des rapports sexuels ici, mais parce que je les avais sortis de mon portefeuille plus tôt.

Elle haussa un sourcil et je rougis.

— Je les avais dans mon portefeuille, mais je ne voulais pas les apporter à notre rendez-vous et que tu te sentes gênée. Alors, je les ai laissés ici. C'était une bonne idée finalement.

Elle émit un reniflement moqueur et hocha la tête.

— Alors autant les utiliser à bon escient.

Je l'embrassai à nouveau puis continuai à la caresser. Nos mains erraient l'un sur l'autre, et elle défit ma ceinture et la fermeture de mon pantalon qui retomba au sol.

J'abaissai rapidement mon boxer, et ses yeux s'écarquillèrent.

— Quoi ? demandai-je en riant.

— Je dirais bien que j'ai peur que tu sois trop gros, mais je n'ai pas envie de donner directement dans des répliques de films pornos.

— Ne t'inquiète pas, ça va aller, surtout si on cite du porno.

Je me mis alors à genoux et défis son pantalon. Elle gémit lorsque je l'embrassai par-dessus sa culotte en tirant son pantalon le long de ses fesses et jusqu'à ses genoux.

Elle essaya de retirer ses bottes, mais je l'arrêtai.

— Non, je vais te baiser comme ça : les jambes serrées et les fesses bombées, prête pour moi.

— Vraiment ?

— Vraiment.

Je l'embrassai à nouveau avant de la retourner pour que ses seins soient pressés contre la porte. Je pinçai et mordillai ses fesses, écartant ses deux rondeurs avant de mordre un peu plus.

Carrie Ann Ryan

Je léchai le bas de son dos, puis je levai les yeux vers son cou avant d'y planter aussi mes dents.

— Tucker, chuchota-t-elle.

Je souris et me couvris du préservatif avant de passer mon sexe le long de la fente de ses fesses. Elle se raidit et me regarda par-dessus son épaule, les sourcils levés.

— Euh, excuse-moi. Je ne suis pas sûre d'avoir dit oui à tout ça.

Je souris juste avant de l'embrasser sur une de ses fesses.

— Je serai doux, promis, dis-je avant de glisser ma main sur son intimité.

— Tucker, murmura-t-elle.

Je continuai à embrasser son cou et ses épaules tout en ondulant contre ses fesses pendant que je jouais avec son clitoris et ses replis intimes.

— Tu es déjà mouillée pour moi.

— Je crois que je mouille depuis le dîner.

Je gémis et mes doigts s'enfoncèrent dans sa hanche tandis que mon autre main continuait à jouer avec elle.

— J'ai besoin de t'avoir en moi, murmura-t-elle en se tortillant.

— Pas tant que tu n'auras pas joui sur ma main, dis-je en enfonçant mes doigts en elle.

— Tucker, haleta-t-elle.

Mais je ne cédai pas. Je continuai à jouer avec elle

car j'en avais besoin. J'intensifiai mes caresses, mon pouce sur son clitoris. Soudain, elle cria mon nom et son sexe se resserra autour de mes doigts.

Je continuai à remuer contre sa chair gonflée et humide, et quand elle cessa de trembler, je retirai ma main et souris en posant un de mes doigts humides contre ses lèvres.

— Goûte.

Ses yeux s'écarquillèrent et sa langue sortit, léchant l'humidité.

— Bonne fille.

Je saisis mon sexe et étalai son humidité sur ma queue couverte du préservatif avant de la taquiner lentement par derrière.

— Tucker, murmura-t-elle à nouveau.

Je pénétrai alors son sexe d'une seule poussée.

On se figea tous les deux. Le choc de sentir sa chaleur étroite agripper mon sexe était presque trop. Elle était si étroite, si mouillée, que mes yeux se fermèrent. C'était difficile de ne pas jouir tout de suite, mais je me retins tandis qu'elle s'habituait à ma taille.

— Mon Dieu, chuchota-t-elle avant de me sourire. Bouge, mon grand ou c'est moi qui vais bouger.

Elle arqua son dos, et je m'enfonçai un peu plus. On gémit tous les deux.

J'entamai alors un va-et-vient, tenant sa hanche

d'une main et l'épaule de l'autre. Son pantalon était toujours autour de ses cuisses et ça limitait ses mouvements, c'était un des trucs les plus chauds que j'aie jamais vu.

Je retirai ma main de son épaule et l'autre de sa hanche pour pouvoir écarter ses fesses pendant que je la pénétrais. Je souris alors en recueillant un peu de son nectar pour humidifier à nouveau mes doigts.

— Tucker, je ne savais pas que tu étais un homme à fesses.

Je la martelai avec force et elle ferma les yeux en gémissant.

— Je suis un homme à seins. Un homme à fesses. Et pour l'instant, je suis ton homme à toi.

Elle se figea durant un instant à peine perceptible, mais je m'en rendis compte.

Il fallait que je sois prudent.

Nous devions tous les deux être prudents.

Je taquinai lentement son petit trou, mais sans vraiment enfoncer le doigt. Je n'avais pas de lubrifiant sur moi et je ne voulais pas lui faire de mal.

J'avais déjà assez peur qu'on finisse blessés à la fin.

Chassant aussitôt ces pensées de mon esprit, je continuai à la pilonner et la baiser avec force alors que nous haletions tous les deux, nos corps en sueur.

Quand je sentis mes bourses se resserrer, je tendis la

main et passai mes doigts sur son clitoris.

Elle cambra le dos et jouis aussitôt alors que je me laissais emporter par mon orgasme.

Le corps tremblant, je continuai à bouger en elle alors qu'on redescendait sur terre, mais je ne pouvais pas m'arrêter. J'avais besoin de plus.

Je me retirai d'elle et la soulevai en la serrant contre mon torse.

— Qu'est-ce que tu fais ?

— Je n'ai pas encore fini, grognai-je.

Ses yeux s'écarquillèrent, puis elle rebondit sur mon canapé moelleux alors que je la jetais dessus.

— Tu es sérieux ? dit-elle en riant.

L'instant d'après elle ne riait plus.

J'avais retiré ses bottes et son pantalon et enfoui ma tête entre ses jambes. Je la lapai et la dévorai alors qu'elle criait mon nom en me tirant les cheveux.

Je glissai un doigt en elle, puis deux autres, la baisant avec mes doigts pendant que j'embrassais, mordillais et suçais son clitoris. Elle se tortilla sous moi et jouit. Elle était sur le point de jouir pour la quatrième fois quand je me retirai en lui arrachant un gémissement.

Je pris le deuxième préservatif, retirai l'ancien en faisant attention à le poser sur un mouchoir, et enfilai le nouveau avant de m'enfoncer en elle.

En voyant ses yeux s'écarquiller, je souris.

— Encore ? Comment ?

— Apparemment, tu fais de la magie sur moi, petite sorcière.

Je commençai alors à bouger en elle tout en nous embrassant et nous touchant. Ses jambes étaient enroulées autour de ma taille et ma bouche sur tout son corps, partout où je pouvais l'embrasser. Elle faisait pareil avec moi, et j'avais peur qu'on se tue tant la chaleur entre nous était forte.

Quand je jouis à nouveau, son corps se referma autour de moi et elle s'abandonna à un orgasme plus doux cette fois, comme si elle n'avait plus de force.

Aucune importance. C'était tout ce qu'il y avait entre nous, tout ce qu'il pouvait y avoir.

Et alors que je la serrais contre moi, je sus que nous avions fait une terrible erreur.

Incapable de la regarder dans les yeux, je me contentai de la tenir contre moi, nos corps toujours pressés l'un contre l'autre, mon sexe ramolli profondément en elle.

Ça avait peut-être été le meilleur moment de toute ma vie, mais nous ne devions plus jamais recommencer.

Même si nous le referions probablement, et détruirions chaque fois un peu plus ce que nous avions. Jusqu'à tout gâcher.

Chapitre Treize

Amelia

À force d'enchaîner les mauvaises décisions, la nuit dernière avait fini par être étrange. Mais j'étais trop endolorie et rassasiée pour m'en inquiéter.

Je n'avais pas dormi chez Tucker, même si une part de moi le voulait. Après avoir remis le couvert une dernière fois, je réussis à trouver à la fois mes vêtements et la force de quitter sa maison. Il ne m'avait pas arrêtée et ne m'avait pas demandé de rester.

Ça aurait pu me blesser, mais en vérité ça m'arrangeait.

Parce que je n'aurais pas pu rester.

Pourtant, quelque chose dans son regard me disait que j'aurais pu le faire si j'avais voulu.

Nous nous lancions sur un chemin interdit, un chemin bien plus dangereux que tout ce que nous aurions pu faire, mais aucun de nous n'était prêt à revenir en arrière.

Du moins pas encore.

On avait prévu qu'il passe pour dîner, chose qui à la fois m'inquiétait et à la fois non. Parce que c'était le genre de choses que les amis faisaient, non ? Ils passaient du bon temps et mangeaient ensemble. Ce n'était pas parce qu'il venait chez moi après m'avoir fait venir plusieurs fois la nuit dernière chez lui qu'il fallait trouver cela étrange.

Et après avoir pensé à cette phrase, je me dis que je battais un nouveau record en matière de bizarrerie.

Tucker n'était pas du genre à s'engager, et j'étais en phase d'oubli de Tobey. Il n'y avait pas de place pour une relation.

Ça devait rester ce que nous étions en ce moment : une amitié... avec des avantages.

Parce que c'était bien ce que nous étions en ce moment, non ?

Je chassai mes pensées et allai arroser mes plantes. J'essayai toujours d'avoir quelques plantes d'intérieur, même si j'étais plus douée pour celles en extérieur.

J'étais peut-être architecte paysagiste, mais parfois, les plantes d'intérieur et moi ne faisions pas bon ménage.

J'avais pas mal travaillé ce matin sur des factures et des projets en prévision du dégel et de l'arrivée du printemps.

En regardant ma liste de tâche, je vis que j'allais être très occupée et que je pourrais enfin embaucher quelqu'un à temps plein plutôt qu'à temps partiel. J'avais Jamie en tête, avec qui nous en parlions depuis un moment, mais je ne savais pas si elle serait d'accord. Sinon, ça pourrait être Iman. Elle était nouvelle dans ce métier et était encore étudiante. Elle se cherchait un peu, ce qui était mon cas aussi alors je me disais que ça pourrait être une bonne idée.

Jamie travaillait pour moi depuis plus longtemps et était la plus légitime à devenir employée à temps plein. Et j'ignorais si Iman était prête ou non.

Le temps le dirait. Peut-être – juste peut-être – que je pourrais même embaucher deux personnes à temps plein ?

Je secouai aussitôt la tête. Non, je n'en étais pas encore là, mais j'en approchais. Mon entreprise était prospère, bien que ce fut aussi parce que je travaillais beaucoup trop, mais j'aimais ce travail. J'adorais ce que je faisais.

J'aimais rendre les gens et les plantes heureux. J'aimais que quelqu'un puisse se rendre dans son jardin et se détendre dans sa propre oasis. J'étais fière de voir les gens entrer chez eux après avoir traversé une magnifique cour accueillante et facile à entretenir.

Du moins, j'essayais en ce qui concernait le côté facile à entretenir. Parfois je n'avais pas beaucoup de contrôle sur la situation, mais ce n'était pas de ma faute. Les gens voulaient ce qu'ils voulaient, et même si j'essayais parfois de les en dissuader, je devais aussi écouter le client.

Je rangeai mon arrosoir juste au moment où la sonnette retentit. Fronçant les sourcils, je me demandai si Tucker était en avance. Mais ça ne pouvait pas être lui car il travaillait tard aujourd'hui. C'était pour ça aussi qu'on n'avait pas passé la nuit ensemble. Il n'aurait pas pu dormir suffisamment, et moi non plus.

Mais c'était bien, je n'avais pas ressenti le besoin de rester avec lui. Cela n'aurait pas été prudent, ni pour l'un ni pour l'autre.

Je regardai par le judas et fronçai les sourcils car je ne reconnaissais pas la femme devant chez moi. J'ouvris la porte et souris, même si je n'étais vraiment pas d'humeur pour du colportage. Il fallait vraiment que je pense à m'équiper d'une de ces sonnettes avec caméra vidéo.

— Bonjour, qu'est-ce que je peux faire pour vous ?

— Restez loin de lui, dit-elle avec un regard noir.

Je battis des cils en la regardant. Je n'avais aucune idée de qui elle était, mais elle me connaissait visiblement.

Elle avait des cheveux brun foncé qui lui retombaient en vagues sur les épaules et dans le dos. Ses yeux étaient maquillés avec précision en cat eyes ; un maquillage parfait et une maîtrise de l'eyeliner à me rendre jalouse.

Elle avait même fait du contouring, chose que je n'arrivais jamais à faire. Il fallait que Zoey m'apprenne.

La femme portait un col roulé en dentelle et une veste en cuir, même s'il faisait un peu trop froid pour ça. Son pantalon avait l'air peint sur elle et les talons aiguilles de ses bottes devaient faire plus de dix centimètres.

Elle était stylée et sexy.

Mais elle ne souriait pas.

— Je suis désolée, vous me prenez au dépourvu. Qui êtes-vous ?

— Oh, vous savez qui je suis.

— Non, vraiment pas.

Était-ce une copine de Tucker ? Mon Dieu, comment m'avait-elle trouvée ? Mon ventre se noua et je passai la main dessus. Je ne voulais vraiment pas me mettre entre Tucker et cette femme. Il m'avait dit qu'il était célibataire et que nous ne devions pas fréquenter d'autres personnes tant que nous étions ensemble. Mais vu comme cette femme me regardait, apparemment, ce n'était pas le cas pour lui.

— Je suis Beth, espèce de salope.

Mes yeux s'écarquillèrent et je reculai involontairement d'un pas, ma main sur la porte. Elle se pencha en avant.

Je battis des cils, essayant de comprendre ce qui se passait. C'était la Beth de Tobey. Son autre moitié. Celle qui était tout pour lui.

Et elle était ici pour *me* traiter de salope.

Pardon ?

Alors que je continuais à la fixer, je vis des similitudes entre nous, et un drôle de sentiment s'empara de moi. Nous avions la même couleur de cheveux, la même stature. Elle était probablement une taille plus petite, mais elle avait l'air sportive. Je ne faisais pas suffisamment d'exercice, mais j'étais contente de mon physique. Nous avions des pommettes similaires, mais des yeux différents, et elle était bien meilleure en maquillage et en style vestimentaire que moi.

Elle ressemblait à quelqu'un qui aurait pu être mon amie, quelqu'un à qui j'aurais voulu demander de l'aide pour savoir quoi porter pour un rendez-vous, ou comment faire ces ailes au bord de mes paupières.

Je me dis tout cela en un instant alors que je l'étudiais, me demandant pourquoi cet homme que je pensais être mon meilleur ami, sortait avec elle... Et la préférait à moi.

Mais ce qui était fait était fait.

La véhémence de son ton me déplaisait. Je n'aimais pas ce qu'elle me faisait ressentir.

— Beth. La Beth de Tobey, dis-je.

— Oh, maintenant vous voyez qui je suis. Restez loin de lui. Vous n'étiez pas assez bien pour lui. Je suis sa petite amie et un jour je l'épouserai, alors éloignez-vous. Chaque fois que vous l'appelez ou que vous vous approchez de lui, vous le perturbez et vous lui compliquez les choses. Et comment osez-vous vous jeter sur lui comme vous l'avez fait ? Il a dit non mais vous ne voulez pas l'accepter.

Mes sourcils se haussèrent et je lui lançai un regard noir.

— Excusez-moi ? Non. Ce n'est pas comme ça que ça s'est passé.

— Il m'a tout dit. Vous allez le traiter de menteur maintenant ? Ce n'est pas parce que vous n'êtes pas assez bien pour lui que vous avez le droit de détruire notre relation. Je l'aime, et il m'aime. Mais vous êtes toujours sur son chemin. Laissez-le tranquille.

— Qu'est-ce que c'est que ce bordel ? murmurai-je pour moi-même.

— Laissez-nous tranquilles.

— Allez-vous-en, dis-je d'une voix beaucoup plus calme que je ne l'étais.

Cette femme, cette Beth, était si émotive. Elle devait vraiment avoir peur de perdre Tobey pour se mettre dans un tel état... Parce que je préférais penser que Tobey ne tomberait pas amoureux de quelqu'un capable de dire des choses pareilles de sang-froid.

Mais peut-être lui avait-il raconté une autre histoire ? Ou peut-être que ce que j'avais fait était bien pire que ce que je pensais ?

— Tenez-vous loin de lui.

— Aucun problème. Vous n'avez pas à vous inquiéter pour ça.

Parce que je ne pensais pas reparler un jour à Tobey. Du moins pas en face à face. La situation était hors de contrôle, et ça faisait vraiment mal.

Elle s'éloigna et monta dans sa berline avant de quitter mon allée. Encore légèrement tremblante, je refermai la porte pour ne pas laisser sortir toute la chaleur, et me dirigeai lentement vers mon téléphone.

Moi : *Reste à l'écart, Tobey. S'il te plaît. Beth était là. Je ne sais pas ce que tu lui as dit. Mais reste loin de moi.*

Je m'effondrai au sol, les mains tremblantes alors que

je regardais mon téléphone et les trois petits points apparaître – signe que Tobey répondait.

Tobey : *Je suis désolé qu'elle soit venue. Je ne pensais pas qu'elle le ferait. Mais tu dois aussi rester loin de Beth. Ce serait mieux pour nous tous.*

Il voulait que *je* reste loin d'elle ? Mais tout ce que j'avais fait, c'était lui dire que je l'aimais. Qui était cet homme ? Sûrement pas celui dont j'étais tombée amoureuse.

Peut-être que je ne l'avais pas vraiment aimé ? Peut-être que je l'avais imaginé ? Parce qu'il ne ressemblait aucunement à la personne qui avait été mon meilleur ami d'aussi loin que je me souvienne.

Le Tobey que je connaissais ne me traiterait jamais de cette façon.

Peut-être qu'il avait toujours été comme ça, et que je ne m'en étais pas rendu compte ? Ou peut-être que c'était Beth qui lui avait fait ça ? Mais je n'étais pas du genre à rejeter les choix de quelqu'un sur une autre personne. Il était le seul responsable de ses actes. Personne ne le forçait à être comme ça.

Je ne connaissais même pas Beth.

Apparemment, je ne connaissais pas Tobey non plus.

Je remis mon téléphone dans le tiroir et me levai lentement, les genoux tremblants.

J'essayais jusque-là de vivre sans l'avoir dans ma vie, mais visiblement cette situation promettait d'être permanente. Je ne pourrais plus jamais l'appeler pour prendre de ses nouvelles, pour voir s'il voulait voir un film au ciné ou assister à la dernière convention *Star Trek*. Nous ne pourrions plus jamais aller au 16th Street Mall pour prendre un café ou écouter le groupe qui jouait au bar local.

Nous ne rejouerions plus à des jeux vidéo en essayant de se lancer le plus d'obus sur *Mario Kart* comme si nous étions des enfants. Même si je ne pensais pas vouloir refaire ça de toute façon.

Je lui avais simplement dit que je l'aimais. Je n'avais jamais été menaçante. Je n'avais fait preuve d'aucune cruauté. Mais à cause de ça, Tobey me donnait l'impression que je n'étais rien. Et chaque fois que je prenais contact avec lui, ça empirait.

Et maintenant, il y avait Beth.

Je n'avais jamais voulu être « l'autre » femme, et pourtant ce n'était clairement pas elle l'autre femme dans ce scénario.

J'avais officiellement perdu mon meilleur ami, et ça faisait encore plus mal que perdre l'amour de ma vie.

La sonnette retentit et je serrai les poings, espérant que ce ne soit pas encore Beth ou Tobey. J'ignorais ma réaction si je revoyais Tobey, car j'étais tellement en colère et triste. C'était comme si je ne me reconnaissais même plus, et encore moins lui.

Comment avais-je pu me tromper à ce point ? Combien d'erreurs pourrais-je encore commettre ?

J'ouvris la porte sans prendre la peine de regarder par le judas et m'affaissai de soulagement en voyant Tucker.

— Qu'est ce qui se passe, mon cœur ? demanda-t-il en entrant.

Je fermai la porte et m'effondrai sur lui.

— Tout va bien.

— D'accord, tu vas me dire ce qui se passe, dit-il en me conduisant vers le canapé. À qui je vais devoir mettre une raclée ? À ton frère ?

— Vraiment ? m'étonnai-je. Tu mettrais une raclée à mon frère ?

— J'essaierais. Je veux dire, je m'efforce de garder la forme, précisa-t-il en bandant les muscles de ses biceps et en agitant les sourcils.

Je souris, déjà plus légère.

— Oh, ça j'en sais quelque chose.

— N'essaie pas de changer de sujet. On a des choses à faire avant.

— Avant ?

— Oui, mais... ça suffit. Dis-moi ce qui se passe.

Je soupirai en secouant la tête.

— Ça n'a rien à voir avec mes frères. Même si tu es capable de leur botter le cul.

— Tu sais bien que non. Dimitri est tout tatoué, et prof ou pas, il pourrait m'assommer avec son petit doigt. Devin est encore pire. Et ne me lance pas sur Caleb. Mon Dieu. Comment peux-tu avoir trois grosses brutes pour frères en étant si petite ?

— Je ne suis pas petite, dis-je en fléchissant mon bras.

Il tendit la main et me pinça.

— Hé, dis-je en frottant l'endroit.

— Tu es si mignonne.

— D'accord, alors ce ne seront pas mes frères qui te botteront le cul. Ce sera moi.

— Nous savons tous les deux que je peux t'épingler au sol quand je le veux.

Mon ventre se réchauffa et je me mordis la lèvre.

— Excuse-moi, mais c'est parce que j'ai bien voulu me laisser épingler.

Il se pencha et me mordit la lèvre avant de lécher la piqûre. Je gémis.

— Tu dis ça, mais on sait tous les deux que c'est faux. Maintenant, arrête d'utiliser le sexe pour me distraire.

— C'est étonnamment facile avec toi.

— Et c'est bien pour ça que tu continues, dit-il avec un clin d'œil.

— Je vais bien, dis-je en le repoussant. Vraiment. C'est juste que... eh bien, Beth est passée.

Il fronça les sourcils.

— Est-ce que je connais une Beth ?

— Tu vas rire. J'ai cru que c'était toi qu'elle cherchait.

Cette fois, ses sourcils se levèrent.

— Excuse-moi ? Pourquoi une femme me chercherait ?

— Je ne sais pas. Elle m'a juste dit de rester loin de « *lui* ». Et au début, je n'avais aucune idée de qui « *il* » était. Alors, j'ai pensé que c'était toi.

— Je ne vois personne d'autre que toi en ce moment. Et techniquement, je ne te *vois* pas non plus parce qu'on aime porter des étiquettes louches.

— Hé, on devrait former un groupe qui s'appelle « Étiquette Louche ».

Il leva les yeux au ciel avant de m'embrasser. Son contact m'apaisa un peu, comme toujours, même si je ne savais pas trop quoi en penser.

— D'accord. Raconte tout à tonton Tucker.

— Beurk. Hors de question que je t'appelle tonton Tucker.

Il me fit rire en imitant un frisson de dégoût.

— Ouais, j'ai compris que j'avais pénétré dans un endroit terrifiant dès que c'est sorti de ma bouche. Bon, revenons à nos moutons, Étiquette Louche.

— N'utilise pas ça comme un surnom. C'est un nom de groupe.

— Comme tu veux. Alors, et cette Beth ? Ce n'est pas une ex à moi. Je n'ai pas connu de Beth depuis très longtemps.

— Ça, je l'ai compris quand elle m'a donné son nom. C'est la petite amie de Tobey.

Cette fois, ses yeux s'assombrirent et un petit grognement s'échappa de sa gorge.

— Que voulait-elle ?

— À part m'insulter et me dire de garder mes distances ? Je ne sais pas trop. Elle était tellement en colère. Je ne sais pas ce qu'il lui a dit, mais sûrement rien de bien. Je me sens presque désolée pour elle.

Il soupira avant de commencer à faire les cent pas.

— Tu vois toujours le meilleur chez les gens : soit tu te dis que la personne a besoin d'aide, soit tu te sens désolée pour elle. Mais elle t'a pourtant insultée. Elle t'a fait du mal ? Elle t'a menacée ?

Je secouai la tête.

— Non. Elle a juste dit de rester à l'écart. Je ne me souviens pas de tout, mais j'ai compris l'essentiel. Et puis j'ai envoyé un SMS à Tobey pour lui dire de ne plus s'approcher de moi puisque Beth était passée, et c'est carrément devenu bizarre parce qu'il m'a dit de ne pas m'approcher de Beth.

— Tu te fous de moi ?

— Non. Ça n'a aucun sens.

— Franchement, je le déteste. Il a de la chance que je ne lui ai pas mis une raclée dans ce parking.

— Quel parking ? demandai-je en lui lançant un regard noir.

— Je l'ai vu sur le parking de la supérette, mais je ne l'ai pas frappé. On était en train de partir, alors je me suis approché, et je te confirme que c'est un connard. Il a dit des débilités qui ont bien failli m'énerver, mais je n'ai rien fait.

— Qu'est-ce qu'il a dit ? demandai-je, glacée.

Tucker secoua la tête puis vint vers moi pour me serrer contre lui. Mais j'étais incapable de me laisser aller, car j'étais trop inquiète.

— Il a dit que c'était difficile d'être avec toi. Que tu avais tellement d'énergie qu'il n'arrivait pas à te suivre. Il disait n'importe quoi. Un petit con qui manque de confiance en lui. Je ne voulais pas te mentir et je ne veux pas te faire de la peine, alors, oublie tout ça. Je suis ici, et c'est tout ce qui compte.

Il m'embrassa le bout du nez en disant cela, et j'acquiesçai avec un sourire faux. Je savais qu'il savait que ce n'était pas réel, mais je n'y pouvais rien.

Mon ancien meilleur ami ne pouvait pas être près de moi, et ne voulait pas l'être, parce que j'étais juste trop envahissante. Je demandais trop de choses.

Et à présent je faisais pareil avec Tucker. Je le faisais mentir à son meilleur ami, tout ça parce que je ne savais pas comment gérer mes sentiments.

Les lèvres de Tucker furent alors sur moi et ses mains sur mes fesses alors qu'il me serrait contre lui. Je m'éloignai, essayant de reprendre mon souffle.

— Qu'est-ce que c'était que ça ?

— Arrête de culpabiliser. Merde, tu n'es pas ce qu'il a dit, ou ce que Beth a dit. Tout le monde aime être avec toi. Et tu es toujours là pour nous. Tu as le droit d'avoir besoin d'aide de temps en temps. Et nous savons tous les deux que je ne suis pas ici parce que tu as besoin de moi. Je suis ici parce que je veux l'être. Alors, qu'il aille se faire voir. D'accord ?

Je ne dis rien, essayant simplement d'acquiescer alors que ses mots glissaient sur moi.

Tout allait si vite, et pourtant pas assez vite. J'essayais de penser à Tobey et à ce que j'avais fait de travers, mais je n'arrivais qu'à fixer l'homme en face de moi.

Je ne faisais que penser à ses paroles et ce qu'il avait voulu dire.

— Je suis désolé, murmura-t-il en m'embrassant à nouveau.

J'enroulai mes bras autour de lui et me blottis contre son torse.

— Je suis désolée aussi, dis-je avant d'ajouter à voix basse : Je déteste qu'il ait fait ça.

— Au moins, tu ne t'en veux pas cette fois, répondit-il en passant une main apaisante sur mon dos.

— Je veux juste que les choses reviennent à la normale.

— Amelia ?

— Oui ?

— Il se pourrait que tout ça soit ta nouvelle normalité. Tu vas devoir t'y faire.

— Je suppose.

— Mais tu n'es pas seule. Tu as ta famille. Tu as tes amis. Et tu m'as, moi.

Je ne lui demandai pas de promettre. Je ne lui demandai pas de me dire s'il en était sûr. Parce qu'honnêtement, j'avais peur qu'il ne puisse pas le garantir. Après avoir cru toutes ces années que je partageais déjà ça avec Tobey, et découvert que tout n'avait été que mensonge, je ne voulais vraiment pas entendre une autre promesse comme celle-ci.

Alors je chassai ces idées de ma tête et m'abandonnai dans l'étreinte de Tucker.

Je ne connaissais pas l'avenir. Je ne savais pas ce que j'étais censée ressentir. Mais pour l'instant, j'allais prétendre que tout allait bien. Parce qu'il le fallait.

Et en étant dans les bras de Tucker, je me dis que ça pourrait être la vérité.

Chapitre Quatorze

Amelia

— Tu vas enfin me dire ce que tu caches ? déclara Zoey qui m'aidait dans la serre de mon jardin.

J'en avais installé une l'année dernière. Elle n'était pas très grande, mais assez pour que je puisse travailler sur mes plantes quand j'étais à la maison, même en plein hiver.

C'était mon coin de paradis. Mon havre de paix.

Mais avec le regard que me lançait ma meilleure amie, j'avais l'impression que ça ne resterait pas un havre pour longtemps.

— Comment cela ?

Carrie Ann Ryan

Zoey plissa les yeux.

— D'accord. Tu vas devoir me dire ce qui se passe dans ton esprit, parce que je sais que tu caches quelque chose. Et ça te travaille. Est-ce que c'est Tobey ? Tucker ? Vous semblez en si bons termes en ce moment. Mais là aussi, je pensais que ça allait avec Tobey, alors qu'est-ce que j'en sais finalement ?

Je grimaçai en secouant la tête.

Erin était assise dans un coin sans rien dire, mais nous regardait.

Je les avais invitées à la maison durant mon après-midi de congé, mais elles avaient voulu travailler dans ma serre. À présent, je le regrettais. J'allais devoir être honnête, mais je ne savais pas par où commencer.

— Mais est-ce que c'était vraiment la même chose avec Tobey ? demanda Erin en me sortant de ma rêverie.

Je fronçai les sourcils.

— Comment ça ?

— On pensait tous qu'il y avait quelque chose entre toi et Tobey, mais c'était comme si tu attendais qu'il se décide. Comme s'il manquait quelque chose, poursuivit Erin.

— Elle a raison. Tu es plus heureuse avec Tucker. Au moins, il n'y a pas les « *Vont-ils se décider ou pas ?* ». Et je sais que vous avez couché ensemble. Je peux le voir

218

sur ton visage, déclara Zoey en pointant son doigt vers moi.

Je frottai ma joue en grimaçant.

— Tu peux le voir ?

— Non, on ne le voit pas vraiment sur ton visage, déclara Erin.

Zoey et moi on se figea en la regardant.

— Je rêve ou tu viens de faire une blague sur le sperme ? demandai-je incrédule.

— J'avoue qu'elle n'était pas terrible. Et j'espère vraiment que ce n'est pas sur ton visage. Je veux dire... tu prends des douches ?

Je grimaçai en essayant de m'empêcher de rire.

— D'accord, oui, Tucker et moi couchons ensemble. Là. Ne le dites pas à mon frère.

Erin leva les mains, l'air complètement innocente.

— Je ne vais pas dire à ton frère que tu as couché avec son meilleur ami. Je suis sûre qu'il le sait déjà.

Mes yeux s'agrandirent.

— Il ne peut pas savoir. Il n'a pas encore vu Tucker.

Je m'en étais assurée, car nous devions dire la vérité ensemble à mon frère dès que nous le verrions. Il n'y aurait plus de mensonges, plus besoin que Tucker se sente mal. Je serais toujours une personne horrible, mais Tucker ne méritait pas ça. Donc, nous avions prévu de le dire à mon frère, même si on ignorait ce qu'on allait dire et ce qu'on représentait l'un pour l'autre. Mais l'Étiquette Louche nous correspondait totalement. Finalement, pas besoin de savoir ce que nous représentions l'un pour l'autre, tant que tout le monde savait que ça ne regardait que nous.

En fait, j'avais réfléchi et essayé d'écrire ce que j'allais lui dire, mais je n'avais rien trouvé.

— D'accord, revenons à nos moutons, dis-je rapidement.

Erin fronça les sourcils.

— De quoi parlions-nous ?

— Tu ne vas pas t'en sortir comme ça, déclara Zoey, exaspérée. Dis-nous ce qui te tracasse. Est-ce que Beth est revenue ?

Je leur avais raconté ce qui s'était passé avec Beth, puis avec Tobey, et aucune de nous ne savait quoi en penser.

— Tu veux dire depuis que vous êtes ici ? demandai-je en reniflant.

— Je voulais dire s'il y avait eu autre *chose* avec Beth et Tobey. Je n'arrive pas à croire qu'elle se soit pointée comme ça.

— En tant que celle qui a été l'autre femme, ou la femme légitime, je peux comprendre le côté territorial. Mais chez elle je ne vois pas pourquoi, dit Erin en fronçant les sourcils.

— La différence c'est que ton mari te trompait réellement, lançai-je avant de me figer. Pardon. Je ne voulais pas dire ça comme ça.

— Oh. Il me trompait bel et bien. Et je m'en fous. Lui et cette femme peuvent vivre heureux en ménage et faire ce qu'ils veulent. Ça me va très bien. Je suis beaucoup plus heureuse maintenant. Quant à Beth ? On dirait qu'elle est intimidée par toi. Remarque, moi aussi je serais intimidée par toi.

— Aïe, dis-je en me massant au niveau du cœur, ce qui la fit sourire.

— Ce n'est pas ce que je voulais dire. Je sais que Tobey a dit des bêtises à Tucker sur le parking, mais je ne parlais pas de ça. D'un point de vue extérieur, toi et Tobey aviez cette connexion incroyable, et ça pourrait intimider n'importe qui. Peut-être qu'elle a mal réagi à ça.

— Ça ne justifie pas son comportement ou la façon dont Tobey agit.

— Tu as raison, dis-je et toutes deux me regardèrent les yeux écarquillés. Quoi ?

— On s'attendait à ce que tu le défendes à nouveau, déclara Zoey. Tu le défends toujours.

— Peut-être. Mais j'en ai marre. Oui, j'aurais probablement dû m'y prendre autrement pour lui avouer mes sentiments, mais il n'avait pas à se défouler comme il l'a fait. Il a le droit de ressentir ce qu'il ressent, mais il n'a pas à me traiter comme ça. Il a complètement coupé les ponts avec moi sans raison.

— Je ne dirais pas sans raison..., répondit Zoey.

— D'accord. Pas vraiment sans raison. Mais c'était quand même brutal. Et j'ai l'impression qu'il ment à Beth pour essayer de lui faire croire qu'il n'y avait rien entre nous. Mais ce n'était pas rien. On ne peut pas être le meilleur ami de quelqu'un pendant si longtemps, et l'oublier du jour au lendemain. C'est comme si j'avais été ghostée.

— C'est le cas, dit Zoey. Et j'en suis désolée.

— Plus j'y pense, plus je me rends compte que je ne l'aimais pas vraiment, dis-je en regardant mes mains.

La terre s'était infiltrée dans les crevasses de mes doigts et je la grattai avec mes ongles. J'avais toujours de la saleté sur les mains, chose que Tobey n'aimait pas trop. Mais Tucker ne semblait pas s'en soucier.

Et c'était bien. Même si je ne devais pas les comparer.

Après tout, Tobey n'avait été qu'un ami, une relation qui s'était irrévocablement brisée. Tucker aussi était un ami, mais même si notre relation avait pris un tour plus intime, ça n'était pas permanent. Lui ne voulait pas de ça, et quant à moi, je ne savais pas si j'étais prête pour quelque chose de ce genre.

— Que veux-tu dire par là ? demanda Erin d'une voix douce.

— Je pense que je voulais l'aimer. Je pense que la chaleur, l'amour et l'attirance que je ressentais pour lui étaient la base de notre amitié. C'était comme si nous devions être ensemble. Mais nous ne l'étions pas, alors j'ai supposé que c'était ce qu'il fallait faire. J'y ai tellement pensé que je ne savais plus ce qui était réel. Je ne pense pas que c'était de l'amour. Du moins pas le genre qui englobe tout dans le sens « *amoureux* », parce que je l'aimais, mais pas comme j'aurais dû. Et pas dans le sens, où clairement, il ne m'aimait pas non plus.

Je fronçai les sourcils.

— C'était beaucoup de doubles négations.

Zoey sourit.

— Oui, mais j'ai suivi. Tu l'aimais en tant qu'ami ou peut-être même plus, mais tu n'étais pas *amoureuse* de lui. Je comprends. Crois-moi. Je comprends.

Avec Erin on se lança un rapide regard, mais aucune de nous n'avait envie de toucher ce sujet, même du bout des doigts. Surtout quand tout était un peu secret avec mes frères.

— Donc, revenons là où on en était, insista Zoey. Qu'est-ce que tu caches ?

Je les regardai en me mordillant la lèvre.

— Tucker et moi ne sortons pas vraiment ensemble.

— Tu veux dire que tu l'as utilisé comme une fausse relation pour que nous n'ayons pas pitié de toi ? demanda Erin impassible.

— Peut-être, dis-je d'une voix traînante avant d'ajouter : Vous le saviez vraiment ?

— Bien sûr que oui, affirma Zoey en levant les yeux au ciel. Mais je suis surprise que Tucker ait accepté. Quoi que... Comme vous avez couché ensemble, c'est réel maintenant, non ? Parce que ce serait bien.

— Devin serait d'accord avec ça, confirma Erin.

Mon cœur s'emballa et j'eus l'impression que le tapis avait littéralement été arraché sous mes pieds.

— Attendez. Attendez. Vous saviez tout ce temps ? Je vous mentais et vous m'avez laissée faire ?

— L'incident du café, ce n'était vraiment pas voulu. On n'allait pas t'arranger un rendez-vous. On a vaguement parlé de toi à ce type, mais juste en passant. Puis il t'a vue et a voulu passer à l'étape suivante.

— Je sais que vous n'aviez rien à voir là-dedans. Pas vraiment du moins. Mais ça s'est en quelque sorte transformé en mensonge. Je suis vraiment désolée.

— Tu n'as pas à être désolée, dit Erin.

— Si. J'ai menti. Et c'est horrible.

— Mais ce n'est plus un mensonge, n'est-ce pas ? demanda Zoey.

— Un peu. Je veux dire, nous ne sortons pas vraiment ensemble.

— Euh, tu avais un visage à sexe, déclara Erin.

— Hé. Arrête de parler de sexe et de mon visage en
même temps. C'est étrange.

— Ne change pas de sujet, dit Zoey. Toi et Tucker
couchez ensemble. La relation est donc réelle.

Je jouai avec mes doigts en haussant les épaules.

— Ce n'est pas réel-réel. Mais ce n'est pas faux. On
appelle ça sexe barbe.

— Je ne veux vraiment pas connaître vos pratiques
déviantes, déclara Zoey en riant.

— Oh arrête. Je l'ai appelé ma fausse barbe. Mon
faux rencard, ajoutai-je.

— Génial. Tu devrais raconter ça à Devin, quand tu
lui en parleras enfin. Il va trouver ça très drôle, déclara
Erin.

— Attendez, donc mes frères pensent que c'est
réel ? demandai-je, inquiète.

Erin m'adressa un sourire triste.

— Je ne sais pas. On a parlé du fait qu'il vous trouvait assortis, mais je n'ai pas dit que je te soupçonnais de
mentir, et il n'a rien dit à ce sujet non plus. Je ne mens
pas à l'amour de ma vie, alors, tu ferais mieux de lui dire
rapidement. Comme ça je pourrai continuer à ne pas
mentir à l'amour de ma vie. D'accord ?

Je hochai la tête.

— Oui. Dès que je les verrai.

Zoey haussa un sourcil.

— Bon d'accord, ce soir. Ce soir, je dirai à mes frères ce qui se passe entre Tucker et moi, même si je n'en sais rien. Mais je leur dirai la vérité.

— Et ensuite tu réfléchiras à ce qui se passe entre Tucker et toi ? demanda Zoey.

— Si je connaissais la réponse, peut-être que je n'aurais pas l'impression de me noyer dans mes propres mensonges.

Les filles m'aidèrent encore un peu avant de partir. Je savais que j'allais bientôt devoir affronter mes frères, mais je n'avais aucune idée de ce que j'allais leur dire.

J'avais l'impression de devoir être une nouvelle fois punie puisque je leur avais menti. Et ce n'était pas parce qu'ils ne m'avaient pas crue que ça effaçait le mensonge.

— Toc toc, déclara Tucker en pénétrant dans la serre et en souriant dès qu'il me vit. Tu es toute sale.

Je lui fis un doigt.

— Merci, idiot.

— Dis donc, il fait chaud ici. Tu es tout en sueur et couverte de terre. J'aime bien.

— Tu es bizarre. Je ne savais pas que tu avais ce genre de délires pervers.

— Moi non plus. Mais c'est bon à savoir, non ?

— Les filles le savent.

Tucker hocha la tête en s'appuyant contre le poteau.

— Elles savent le truc de la barbe.

— À propos de ta déviance ? demanda-t-il.

— Pourquoi est-ce que tu parles de déviance ? demandai-je en grognant. Pourquoi tout le monde appelle ça une déviance ? C'est une fausse relation.

— C'est vraiment amusant de dire « déviance », et c'est encore plus amusant de te voir t'énerver.

— Tu es si méchant.

— Pas du tout. Est-ce que quelqu'un de méchant viendrait te donner un coup de main ?

— Tu vas vraiment te salir ? demandai-je en souriant.

Il haussa un sourcil et m'adressa un sourire narquois qui me fit bien trop de choses agréables à l'intérieur.

— Oh, je crois que ça ne me dérangerait pas.

— Nous n'aurons pas de relations sexuelles dans cette serre, dis-je en levant les deux mains.

— Non. Mais je suis sûr qu'on pourrait utiliser la douche plus tard pour se laver. De partout.

— Comment suis-je censée rempoter cette plante quand je pense à ta queue ?

— Je ne sais pas. C'est compliqué, n'est-ce pas ? Je veux dire, je dois travailler à l'hôpital tous les jours en pensant à tes fesses et à tes seins.

— Tu es un homme horrible, dis-je en riant.

Il sourit et se pencha pour m'embrasser, un doux baiser qui s'intensifia lentement. Mes seins me picotèrent, mes mamelons se durcirent contre mon soutien-gorge, et je ne pensais plus qu'à l'attraper et le serrer près de moi. Ne plus jamais le lâcher.

Je me ressaisis et reculai en souriant.

— D'accord, je vais tout t'apprendre sur le rempotage.

— Vraiment ? Tu sais que j'ai déjà travaillé plusieurs fois avec toi. En fait, je pourrais même t'apprendre un ou deux trucs.

— Encore ce problème d'ego ? demandai-je en riant.

— D'accord, je ne pourrais rien t'apprendre sur le rempotage, mais je t'ai déjà aidée. Dis-moi ce que je dois faire. Je suis généralement doué pour tout ce qui est vivant.

— C'est toujours un bon signe dans nos métiers.

— Plutôt.

Je fronçai les sourcils en le regardant.

— Qu'est-ce qui ne va pas ?

Il secoua la tête en retirant lentement son T-shirt. Je dus garder le regard sur son visage plutôt qu'en bas pour ne pas perdre le fil de mes pensées.

— Des trucs au travail. Je ne peux pas en parler.

— Secret professionnel ? demandai-je.

— Oui. Mais disons que ça a été une très mauvaise journée. Donc, je veux bien me changer les idées.

— Je peux t'aider pour ça.

Il m'adressa alors un sourire qui atteignit ses yeux.

Je ne tenais pas à savoir ce qu'il avait vu parce que c'était son travail de regarder les scans et les radios. Parfois, ces images ne vous racontaient pas ce qu'il y avait de plus gai. Moi je devais faire grandir les choses et rendre les gens heureux. Lui parfois, était porteur de mauvaises nouvelles.

J'allais donc le faire sourire. C'était ce qu'il avait fait pour moi ces jours-ci après tout.

Apparemment, notre histoire de barbe pouvait fonctionner dans les deux sens. Il fallait juste me souvenir de ne pas être la personne égoïste que Tobey pensait que j'étais.

— D'accord, Tucker. Montre-moi un peu si tu sais utiliser tes mains, dis-je en essayant de prendre une voix séductrice.

Quand il rejeta la tête en arrière et éclata de rire, je me sentis tomber un peu plus dans ce que je ressentais pour lui.

Ce n'était pourtant pas de l'amour. Je n'allais pas tomber amoureuse de Tucker.

Une fois toutes mes plantes rempotées, on était couverts de terre et de sueur, mais je n'avais jamais autant ri. On sortit en trébuchant et Tucker me serra contre son torse nu et en sueur.

— Est-ce que tu as déjà eu des relations sexuelles en plein air ? demanda-t-il à voix basse.

Je regardai autour de moi, consciente que nous étions dans la zone de la serre entourée d'arbres. Personne ne pourrait nous voir.

— Non, mais il fait un froid glacial.

— Il n'y a pas de neige au sol. Ça sera bien. Je te le promets.

— Ainsi dit l'araignée à la mouche.

— Je ferais bien une blague sur leurs toiles, mais ça serait bizarre.

— Oh mon Dieu, dis-je avec un gémissement. Plus jamais.

— Je ferai de mon mieux, dit-il avec un autre sourire. Mais tu veux ?

— Oh oui. L'idée me plaît. Mais il ne faudra pas faire de bruit.

— Je pense qu'on pourra y arriver.

Puis sa bouche fut sur la mienne, et je soupirai en lui.

Il était déjà torse nu, et un instant plus tard, mon T-shirt avait également disparu. Je n'étais plus qu'en bottes de travail, jean et soutien-gorge ; en plein air.

Apparemment, avoir des relations sexuelles avec

Tucker signifiait avoir des relations sexuelles dans de nouveaux endroits.

Quand il m'agrippa les fesses, j'eus le sentiment que de nouveaux endroits pourraient signifier des choses totalement différentes un jour.

Bien sûr, si notre relation continuait.

Pas que j'y croyais.

Parce que bientôt, ça sera fini et on reviendra à la normale. Il continuerait à sortir avec d'autres personnes, et je serais en meilleure santé, plus heureuse et entière. Car il m'aurait aidée à surmonter Tobey. C'était la raison de sa présence ici. Entre nous ce n'était pas sérieux. Nous n'avions pas besoin de plus.

Quand il me pinça les fesses, mes yeux s'agrandirent.

— C'était pour quoi ?

— Reviens avec moi. Compris ?

Je déglutis et hochai la tête, puis il m'embrassa à nouveau. On se débarrassa lentement du reste de nos vêtements, et il en fit un petit nid pour moi. Puis il fut au-dessus de moi, m'embrassant et me caressant, mordant et léchant.

J'arquai le dos alors qu'il lapait mes seins, les malaxait et les pinçait. Il était un peu plus brutal que d'habitude, mais doux en même temps. Brûlante de désir, je m'accrochai à son corps alors qu'il se dressait au-dessus de moi.

Il se couvrit d'un préservatif, puis taquina mon sexe, le pouce sur mon clitoris alors qu'il me pénétrait lentement. Je me détendis pour ne pas avoir mal, car il était bien membré et que je n'avais plus été avec quelqu'un depuis un moment. Il me toucha dans tous les bons endroits alors qu'il bougeait lentement en moi. Je m'arquais pour lui, mes ongles s'enfonçant dans son dos alors qu'on faisait l'amour.

Non. *Avions des relations sexuelles*. Baisions. Tous les mots sauf *l'amour*.

Parce qu'il ne pouvait pas y avoir ça.

Je n'allais pas refaire cette erreur.

Sa bouche fut alors sur la mienne, et toute pensée cohérente me quitta. Il glissa sa main entre nous, le pouce sur mon clitoris à nouveau, et je jouis en me serrant autour de lui. Il grogna mon nom alors qu'il me donnait un dernier puissant coup de reins. Après avoir joui, il roula sur le dos, en dehors du nid, et donc sur la terre dure et hivernale du Colorado. Je le chevauchai, ses mains sur mes seins et mes hanches, puis sa bouche sur la mienne à nouveau.

Je chuchotai son nom, heureuse et un peu plus entière.

Parce que c'était très bien ainsi. Notre relation ne

devait pas signifier plus que ce qu'elle était : de la joie. Voilà ce qu'elle était.

Alors que Tucker me serrait contre lui et me faisait rire, je me dis avec inquiétude que j'étais en train de faire la seule chose que je ne devais pas.

Je réalisai soudain que je n'avais jamais aimé Tobey.

Pas vraiment.

Mais que j'étais bien partie pour tomber amoureuse de Tucker.

Chapitre Quinze

Tucker

J'avais pris ma journée de congé et prévu de faire un grand ménage. Probablement aller chez Amelia plus tard.

J'ignorais pourquoi j'étais si impatient, mais c'était peut-être normal. Je faisais probablement une erreur, mais aucun de nous n'était encore prêt à arrêter.

Je ne savais pas ce que je ressentais pour elle, mais je ne pensais plus que ce soit uniquement une fausse relation, une barbe ou même une simple amitié. Ça m'inquiétait d'autant plus que je n'en avais pas vraiment envie. Je ne voulais pas d'avenir commun avec quelqu'un. Je voulais que les choses restent telles qu'elles étaient pour que personne ne soit blessé.

La sonnette retentit avant que je puisse voyager trop loin dans ces pensées. J'ouvris et me figeai en me retrouvant face à un Devin à l'expression lugubre.

Génial. C'était pour maintenant. Je mériterais probablement ce qui allait m'arriver, alors autant me soumettre.

Mais, merde. J'aurais aimé savoir quoi dire, ou ce que d'après Amelia, nous devions dire.

Nous ? Depuis quand étions-nous un « nous » ?

— Entre, lui dis-je en essayant de garder une voix légère.

— Je crois bien, oui.

— Alors, qu'est-ce qui t'amène par ici ? demandai-je en refermant la porte.

Pas besoin de laisser sortir toute la chaleur par un temps pareil. Il faisait froid, orageux, et même si Noël et les fêtes approchaient, ça n'en avait vraiment pas l'air ici.

Je n'avais pas eu le temps de décorer, et je n'en avais pas vraiment envie en général car je n'avais pas eu de Noël durant mon enfance. Oui, je l'avais un peu vécu avec Devin et les autres, mais pas assez.

Mais ça ne me manquait pas. On ne pouvait pas ressentir un vide pour quelque chose qu'on ne connaissait pas ou dont on ne se souvenait pas.

— Alors, tu vas me dire pourquoi tu mens ? demanda Devin qui alla droit au but.

Je battis des cils et déglutis avec peine.

— Comment le sais-tu ?

C'était le seul mensonge entre nous, car je ne lui avais jamais menti.

Mais je l'avais fait pour Amelia. Pourquoi ?

C'était une bonne question. Et une pour laquelle je n'avais toujours pas de réponses.

— Je l'ai toujours su. On l'a toujours tous su.

Je laissai échapper un rire aigu et passai ma main dans mes cheveux.

— C'est bon à savoir. Merde alors.

— Ouais. Vous n'êtes pas de bons menteurs. Et c'était un peu trop pratique que vous sortiez ensemble juste après que Tobey lui ait fait ça.

— Tu veux me frapper ?

— Non. Je ne frapperais jamais un mec qui sort ma sœur. Je ne suis pas ce genre de frère.

— Tu veux dire un misogyne qui se sent territorial avec les femmes qu'il pense être les siennes ? demandai-je en essayant de faire de l'humour.

Devin secoua la tête, étonné.

— Ce n'est pas être misogyne de vouloir prendre soin des siens. Je sais qu'elle est capable de prendre ses propres décisions, mais j'aurais vraiment aimé mettre une raclée à Tobey parce que, visiblement, ça a été une mauvaise décision.

— Si tu veux, je le tiendrai pendant ce temps. Ou je te laisserai tenir mon manteau.

— C'est bon à savoir. Alors, pourquoi tu l'as fait ? Pourquoi as-tu accepté de mentir ?

— Je ne sais pas.

— C'est une bonne réponse, dit Devin en éclatant de rire. C'est parce qu'elle te l'a demandé, n'est-ce pas ?

— Ouais. Plutôt. Elle m'a demandé, et je ne voulais pas une autre raison pour la faire pleurer. Alors, j'ai accepté. Mais je n'aurais pas dû te mentir. Même si tu n'as pas été dupe.

— Je suis heureux que tu aies été là pour elle. On a tous essayé de l'être, mais je crois qu'on n'était pas les bonnes personnes pour ça. Elle avait besoin de quelqu'un de moins impliqué. Je crois qu'il est difficile de faire confiance aux gens qu'on aime quand quelqu'un que tu aimes te trahit de cette façon. Alors, ne déconne pas avec elle. C'est clair ?

J'enfonçai mes mains dans mes poches et hochai la tête fermement.

— Ce n'est plus pour de faux maintenant.

C'était la chose la plus honnête que je puisse dire. Parce que quoi qu'on soit l'un pour l'autre, ce n'était plus faux. Ça faisait un moment que ça ne l'était plus, même si j'ignorais ce que c'était, ni à quoi ça nous mène-rait. Mais notre relation n'était pas fausse.

Et ça me faisait peur.

— D'accord.

— Je ne veux pas lui faire de mal, Devin.

— Alors ne le fais pas. Je sais bien que tu es un homme à femmes et tout ça.

— Pas vraiment. Pas comme ça. Je n'ai jamais fait de mal à personne.

— J'espère que non.

Devin m'étudia un moment puis me fit un signe de la tête avant de me serrer dans ses bras ; rapidement et accompagné de quelques tapes dans le dos alors que j'es-sayais de lui faire pareil. Puis il recula de quelques pas.

— Tu es comme un frère pour moi, Tucker, j'espère que tu le sais.

— Pareil, répliquai-je la gorge nouée.

— Apparemment, Amelia n'a jamais été une sœur pour toi, ajouta-t-il en riant un peu.

— Apparemment. Je ne lui ferai pas de mal.

Du moins, je l'espérais.

— Tu ferais mieux. Je n'ai rien pu faire avec Tobey. Mais ça me tuerait de devoir te tuer.

— Et tes discours sur le fait de la laisser prendre ses propres décisions ?

— C'était avant qu'elle aille droit dans le mur parce

que je pensais que c'était ce qu'il fallait faire. Il a fallu que cet enfoiré se comporte de cette façon avec elle. Qui sait ce qu'il se disait ou pensait d'elle ? Je ne me pardonnerai jamais d'avoir laissé faire.

— Pareil.

— Bien. Faites le point sur votre relation. Si c'est sans lendemain, je ne veux pas entendre parler des détails, ajouta-t-il rapidement ce qui me fit sourire. Alors, réfléchissez et essayez de ne pas vous faire du mal. Parce que tu es ma famille autant qu'elle.

Sur ce, et sans me laisser le temps d'ajouter quoi que ce soit, il se dirigea vers la porte et partit sans dire un mot de plus.

Qu'est-ce qu'il y aurait eu à ajouter de toute façon ? Parce que même si je ne voulais pas lui faire de mal, je savais que si je ne faisais pas attention, ça finirait par arriver.

Je sortis mon téléphone et le regardai en me demandant ce que je devais dire. J'étais plus doué pour ce genre de choses avant.

Moi : *Devin est passé.*

Amelia : *Oh mon Dieu. Est-ce que ça va ?*

Je m'appuyai au mur en secouant la tête. Bien sûr qu'elle s'inquiétait pour moi. Elle était comme ça.

Moi : *Je vais bien.*

J'hésitai à lui révéler qu'il était au courant, mais je me dis qu'il valait mieux lui annoncer en face à face.

Amelia : *Mais tu vas bien ?*

Moi : *Je vais bien. On se voit plus tard, n'est-ce pas ?*

Amelia : *Comme prévu. J'apporte le dîner ?*

Moi : *Ouais, apporte des plats à emporter de Gurus.*

Amelia : *Et si on commandait, genre sept sortes de plats pour avoir des restes pendant deux semaines ?*

Je souris.

Moi : *Ça serait parfait. À tout à l'heure.*

Quand je reposai mon téléphone, j'étais en train de sourire. Mauvais signe... très mauvais signe.

Je sortais avec des femmes et je m'amusais sans jamais m'investir. Mais c'était difficile d'être comme ça avec Amelia, et j'ignorais pourquoi.

Ça ne devait pas se passer comme ça.

Mais, visiblement je n'avais pas vraiment le choix s'agissant d'elle. Et ça me faisait un peu peur.

Je fronçai les sourcils en entendant la sonnerie de la porte. Elle ne pouvait pas déjà être là. Peut-être que c'était encore Devin, ou l'un de ses frères. Vu leur nombre, mieux valait m'attendre à les voir débarquer un de ces quatre pour me botter le cul.

J'ouvris la porte et fronçai les sourcils. La femme qui se tenait face à moi avait de longs cheveux auburn attachés sur la nuque, des yeux sombres et tristes, des pommettes fortes et un menton pointu. Elle était grande, portait des bottes à talons, une veste cintrée, et ses mains étaient si crispées sur la sangle de son sac à main que les jointures de ses doigts en étaient blanches.

Je la connaissais.

Soudain, je me souvins de ses deux appels manqués et du fait que je ne l'avais pas rappelée parce que j'avais été distrait par Amelia. Et par moi-même.

— Melinda ?

Elle m'adressa un sourire désabusé.

— J'avais peur que tu ne te souviennes pas de moi, Tucker.

Sa voix était aussi sexy que le péché et son rire communicatif. Elle était amusante, on était sortis quelques fois ensemble, mais rien de sérieux, juste quelques soirées agréables.

Je ne savais même pas pourquoi j'avais encore son numéro dans mon téléphone puisque ça faisait plusieurs années que je ne lui avais pas parlé.

— Il fait un froid glacial dehors. Entre, lui dis-je en m'interrogeant sur la raison de sa présence.

Elle laissa échapper un souffle tremblant avant d'entrer, et un malaise s'installa en moi.

— Quoi de neuf, Melinda ? Est-ce que ça va ?

— Tu sais, j'avais préparé tout un discours dans ma tête, sur ce que je dirais et ce que je devais faire, et maintenant tout est parti. Je t'ai regardé, et ce n'est plus toi que je vois. Je n'arrive plus à réfléchir. Je te regarde et je me demande comment je suis passée à côté de ça. Comment j'ai pu à ce point me tromper.

Je serrai les poings le long de mon corps en essayant de calmer mes nerfs. Je ne comprenais rien à ce qu'elle racontait.

— Qu'est-ce qui ne va pas, Melinda ? Je ne comprends pas de quoi tu parles.

— C'est normal. Même moi je ne comprends pas. J'aurais préféré que tu répondes à mes appels. Peut-être que ça aurait été plus facile à dire si je ne t'avais pas en face. Parce que chaque fois que je te regarde, je vois ce que j'aurais dû voir avant. Mais ça me crève les yeux maintenant.

Ses yeux se remplirent de larmes, et je m'avançai rapidement vers elle en attrapant la boîte de mouchoirs au passage. Je lui en tendis un, et elle me fit un sourire larmoyant avant de se tamponner les yeux.

— Merci. Tu as toujours été si gentil. Même si ça n'a duré que quelques nuits. Tu n'étais pas un de ces bourrins qui voulait coucher avec moi juste pour mes gros seins.

Je reniflai en posant la boîte sur la table basse.

— J'aimerais penser comme toi, mais c'était il y a longtemps, Melinda. Quoi, six ans ou plus ?

— Oh, presque sept.

Elle aspira profondément puis expira lentement. Je déglutis en sentant un picotement de peur remonter le long de ma colonne vertébrale.

— J'ai besoin que tu m'écoutes et que tu me laisses révéler les faits.

— Est-ce que tu as besoin de t'asseoir ? demandai-je d'une voix tremblante à présent.

Elle secoua la tête avec véhémence.

— Non. J'ai juste besoin que ça sorte, et peut-être d'aller de l'avant.

— D'accord. Parle-moi, Melinda.

— J'ai un fils. Il s'appelle Evan. C'est le plus gentil des garçons.

Je hochai la tête, encore un peu perplexe.

— D'accord. Tu as besoin d'argent ou de quelque chose ?

— Ou quelque chose. Juste... laisse-moi sortir ça.

— D'accord.

— Il s'appelle Evan. Il a une leucémie aiguë lymphoblastique.

La peur me serra le ventre.

— Oh, merde. Je suis désolé, Melinda. Je suis tellement désolé.

— Moi aussi. Ça fait un an qu'il a des hauts et des

Carrie Ann Ryan

bas. On a suivi tous les traitements, mais maintenant il lui faut une greffe de moelle osseuse.

— Oui, c'est un traitement courant. Et la leucémie aiguë lymphoblastique a un taux de survie de quatre-vingt-dix pour cent sur cinq ans pour les enfants, n'est-ce pas ?

— Oui. Quatre-vingt-dix pour cent. C'est un grand chiffre. Ce sont les dix pour cent restants qui sont effrayants.

— Parce que les enfants ne sont pas des numéros. Ce ne sont pas des intitulés sur un scan. Je comprends.

Il le fallait bien : c'était mon métier après tout. Je devais penser analytiquement presque tous les jours, et c'était le cas en ce moment même.

— C'est vrai, tu es radiologue ou quelque chose comme ça, n'est-ce pas ? Tu comprends.

— Oui.

Et je détestais les pourcentages et les numéros. Je détestais le fait que les enfants aient un cancer, et que je sois impuissant.

— Qu'est-ce que je peux faire pour toi ? Je connais quelques bons médecins par ici. Peut-être que je peux te mettre en contact ? C'est ce qu'il te faut ?

— Non, nous sommes suivis par le Dr Bates au Children's Medical Hospital. Nous sommes entre de bonnes mains.

— Je le connais. C'est un grand médecin et un gars formidable.

— Le meilleur. Le truc, c'est qu'Evan a besoin de moelle osseuse. Et il a besoin de la tienne.

Je battis des cils, mon sang rugissant à mes oreilles alors que j'essayais de comprendre ce qu'elle disait.

— Excuse-moi ?

— Je ne suis vraiment pas douée pour ça.

— Pourquoi aurait-il besoin de la mienne, Melinda ? Quel âge a Evan ?

— Il a six ans, dit-elle d'une voix brisée.

Elle tourna son téléphone et je vis la photo d'un petit garçon aux cheveux auburn, aux pommettes fortes et avec mes yeux. Mes genoux s'affaiblirent et je m'assis sur la table basse en faisant cliqueter le verre du dessus alors que j'essayais de reprendre mon souffle.

— Qu'est-ce que c'est que ce bordel, Melinda ? Tu plaisantes j'espère ?

— Je pensais qu'il était de mon petit ami. Je voyais quelqu'un d'autre à l'époque.

— Je ne comprends pas. Tu vas devoir parler plus lentement.

Mon cœur battait à tout rompre et mes paumes étaient moites. Je ne pouvais plus respirer. Je ne pouvais plus penser. Ça ne pouvait pas être vrai. J'avais toujours été si prudent, non seulement avec mes sentiments et mes émotions, mais aussi avec tout le reste. Je n'avais jamais voulu d'enfant. Je n'avais jamais aimé l'idée de quelqu'un qui grandirait sans moi à cause d'un accident ou une merde de ce genre, comme ça avait été le cas avec mes parents. Ça avait toujours été ma règle numéro un.

Mais visiblement le destin était une garce qui avait contourné cela.

— Depuis combien de temps le sais-tu ?

Je n'étais pas sûr de la croire, je n'étais pas sûr de croire quoi que ce soit. Je n'arrivais même pas à transformer mes mots en phrases, et ce n'était pas mieux pour mes pensées.

Mon esprit était bloqué. Je fonctionnais en pilote automatique. D'ailleurs, étais-je même en train de parler ? Est-ce que je pensais ?

Pourquoi avais-je envie de vomir ?

— Je t'ai menti. Nous étions en pause, comme Ross et Rachel. Je voulais juste m'amuser parce que mon copain et moi nous étions disputés. Et tu étais amusant.

Amusant. C'était ce que j'étais. Amusant. C'était ce que je voulais, non ?

— Je suis vraiment désolée. Mais après que toi et moi soyons sortis ensemble, Robbie et moi on s'est réconciliés. On s'est mariés et tout va pour le mieux. On a tourné la page. On n'a jamais vu cette parenthèse comme de l'adultère parce qu'il était aussi avec quelqu'un d'autre pendant ces deux mois. Mais ce temps m'a donné Evan, et à cause du timing, on a cru qu'il était de Robbie. La question ne se posait même pas : toi et moi avons toujours été si prudents, et Robbie et moi non. Je pensais qu'il était de lui jusqu'à ce qu'on reçoive les résultats des tests.

— Est-ce qu'Evan est au courant ? demandai-je d'une voix sèche.

— Maintenant oui.

Elle se mordilla la lèvre inférieure, les mains si crispées sur son sac à main que j'avais peur qu'elle le déchire en deux.

— Il le sait parce que nous attendons toujours de la moelle osseuse. Et que le meilleur donneur est quelqu'un de sa lignée familiale. Malheureusement, ce n'est pas moi. Je ne peux même pas sauver mon propre fils. J'ai besoin que tu m'aides, Tucker. J'ai besoin que tu m'aides à sauver mon enfant. Je ne sais pas ce qui se passera ensuite. Je ne sais pas ce que tu veux faire, si tu choisiras d'en faire partie ou non. Mais tu devais le savoir. J'ai besoin de ton aide. Je dois sauver mon fils et je suis prête à tout pour ça. Il est tout pour moi. Il est tout pour moi et Robbie. Je ne voulais pas te balancer ça comme ça, mais je n'ai pas pu te joindre, et puis je me suis rappelé où tu vivais. J'aurais aimé que tu répondes à ton téléphone, parce que nous manquons de temps. J'ai besoin que tu m'aides à sauver mon fils. Mon bébé. Aide-moi, s'il te plaît.

Elle éclata en sanglots avec une telle violence que j'eus peur qu'elle se brise en deux. Je me levai et la serrai contre moi, ne sachant quoi faire d'autre, à part lui caresser le dos.

— Aide-moi, Tucker. S'il te plaît. Aide-moi.

Je ne savais pas quoi dire. Qu'y avait-il à dire d'ailleurs ? Mais avant que je puisse faire quoi que ce soit, la porte d'entrée s'ouvrit et Amelia entra. Elle croisa mon regard avant de baisser les yeux sur la femme dans mes bras.

Chapitre Seize

Amelia

Tucker était dans son salon et tenait une femme en larme dans ses bras. Pourtant il n'y avait aucune émotion sur son visage. En tout cas, je n'en voyais pas. Il avait cette femme dans ses bras, et... rien.

Rien de sa part.

Pourtant, quelque chose se retourna en moi.

Qui était cette femme ? Pourquoi cette scène me faisait si mal ?

Il n'était pas Tobey, et elle n'était pas Beth, même s'il y avait une similitude étrange qui n'en était finalement pas une.

J'avais fait confiance à Tobey, et il m'avait caché des choses : je le savais à présent. Je savais que je ne l'aimais pas, mais j'ai cru qu'il était ce dont j'avais besoin.

Alors que je regardais Tucker et cette femme dans ses bras, je me souvins qu'il était sorti avec beaucoup de femmes avant moi et que nous ne faisions que semblant.

Puis je ressentis autre chose : j'avais envie de tendre la main à la femme en larmes et de lui demander si elle allait bien.

Toutes ces pensées traversèrent mon esprit en même temps, se précipitant toutes à la fois et disparaissant dans une vaste étendue de néant. Je ne pus m'empêcher de me demander pourquoi Tucker ne disait rien, pourquoi il ne semblait rien ressentir. Et pourquoi ses yeux semblaient si vides.

La femme se racla la gorge et recula.

— Je suis désolée, je n'avais pas réalisé que tu avais de la compagnie.

Je fis de mon mieux pour sourire, ne pas froncer les sourcils et ne pas manifester de la jalousie. Je ne devais pas être jalouse. Tucker n'était pas à moi.

— J'imagine que je pourrais en dire de même. Je suis désolée.

— Non c'est moi. Je m'appelle Melinda. J'avais juste besoin de parler un peu à Tucker.

Elle tendit une main que je regardai un instant avant de le serrer.

— Amelia.

— Ravie de faire votre connaissance.

Elle sourit, mais il y avait une telle tristesse dans ses yeux que j'avais envie de la serrer dans mes bras.

Que se passait-il ?

— Tu as mon numéro, dit-elle en regardant Tucker. S'il te plaît, appelle-moi. Bientôt.

Elle m'adressa un sourire larmoyant puis sortit, nous laissant seuls Tucker et moi.

Tucker me regarda une minute sans qu'aucun de nous ne dise quoi que ce soit. Ce n'était pas comme s'il me trompait. On ne peut pas tromper si on n'est pas ensemble.

N'est-ce pas ?

— Ce n'est pas ce que tu penses, dit-il.

Je battis des cils, surprise par cette entrée en matière.

— C'est pas grave, dis-je rapidement. On ne s'est rien promis.

Je compris aussitôt que je n'aurais pas dû dire ça. Son regard se chargea de colère, avant de revenir à cette expression ténébreuse et indéchiffrable.

— Tu as raison, dit-il en laissant échapper un rire de colère.

— Tucker.

— Non, tu as raison. On ne s'est rien promis, à part que je ne te tromperai pas. Jamais. Mais je ne suis pas Tobey. Je ne vais pas te cacher des choses. Alors, ne sois pas comme ça, d'accord ?

Il y avait une telle colère dans son ton, comme un aboiement mordant, que je reculai d'un pas sans m'en rendre compte.

Je savais qu'il ne me tromperait pas. C'était un homme bien. Mais tout cela me déstabilisait. Oui, je transposais peut-être un peu mes craintes à propos de Tobey, mais ça ne voulait pas dire que j'avais tort. Il n'y avait pas de mal à se poser des questions.

— Qu'est-ce qui ne va pas, Tucker ? Qui est Melinda, et pourquoi était-elle ici ?

— Elle était ici parce que son fils est malade.

Je fronçai les sourcils en secouant la tête.

— Malade ?

Ses mots n'avaient pas de sens pour moi, et j'avais l'impression d'être trois pas en arrière à essayer de le rattraper même s'il n'y avait vraiment rien à rattraper.

— Un cancer. Une leucémie. L'enfant a besoin d'une greffe de la moelle osseuse.

— Et tu peux l'aider pour ça ? Tu connais quelqu'un à l'hôpital ?

Il eut un rire creux.

— J'aime bien que tu aies pensé la même chose que moi. Non, ils ont déjà un médecin. Ce dont ils ont besoin, c'est de moelle osseuse. De la part du père biologique de l'enfant.

Il me regarda, le visage complètement pâle et sans émotion. J'essayai de comprendre ses paroles.

— Tu es en train de dire... Tu me dis que tu as eu un bébé avec elle ? demandai-je d'une voix tremblante. Et tu ne le savais pas ?

— Bien sûr que je ne savais pas. Si j'avais su, j'aurais fait quelque chose à ce propos, il y a longtemps. Tu le sais.

— Bien sûr que oui, Tucker. Tu m'as dit ce que tu as traversé dans tes différents foyers d'accueil.

— Oui, Devin est devenu ma famille. Vous l'êtes tous devenus. Je ne ferais jamais vivre à un enfant ce que j'ai vécu : ne pas connaître son passé ou se sentir abandonné. Et maintenant il est malade, et apparemment je suis censé faire quelque chose.

— Tucker, murmurai-je en avançant.

Comme il n'ouvrit pas les bras ou ne me tendit pas la main, je ne fis rien non plus. Je me tins devant lui, me sentant aussi impuissante qu'il semblait l'être.

Tucker. Papa.

Mon Dieu.

Il y avait un enfant en ce monde qui lui ressemblait

et qui avait besoin de lui, et cette femme qui pleurait dans ses bras, pleurait pour son fils. Quelle tristesse.

Je ne savais pas quoi dire. Qu'y avait-il à dire ?

— Alors elle est venue te voir ?

— Oui. Elle m'avait appelé à plusieurs reprises, mais j'étais distrait. Je n'arrêtais pas de me dire que je la rappellerais, mais j'oubliais.

Je devinai aussitôt ce qu'il voulait dire par là : il avait été distrait par moi. Il n'avait pas répondu à ses appels parce qu'il s'occupait de mes problèmes.

Et cet enfant qui était malade depuis tout ce temps sans qu'aucun de nous ne prête attention à qui que ce soit à part nous-mêmes.

La bile me monta à la gorge, mais je la repoussai. Je ne pouvais pas porter le monde entier sur mes épaules même si je le voulais.

— Est-ce qu'elle le savait avant ?

— Non. Elle pensait que l'enfant était de son petit ami. Elle sortait avec nous deux à l'époque. Apparemment, ce n'était pas moi qui la trompais, mais elle. Mais là n'est pas le plus important. Elle et son petit ami, eh bien, son mari maintenant, ont élevé ce petit garçon, et il est malade. Ils veulent voir si je suis compatible et si tout ça est bien réel. En ce qui me concerne, je ne suis pas le père.

— Qu'est-ce que tu vas faire ?

— Je ne sais pas merde.

Je refermai la distance entre nous et enroulai mes bras autour de sa taille. Il resta immobile un moment avant de me serrer dans ses bras.

Je laissai échapper un soupir soulagé et lui caressai le dos, voulant arranger les choses mais ne sachant pas comment faire. De toute façon, il n'y avait pas moyen d'aller bien après ça.

— Je ne sais pas si c'est mon enfant, bien qu'il me ressemble. Et je ne sais pas ce que ça signifie. Je ne sais pas si je suis compatible et si je peux l'aider. Ou ce qui va se passer après tout ça. Je ne sais rien. J'ai toujours été si prudent, Amelia.

— Je sais. Tu es un homme bien, Tucker. Ça ira.

— Tu dis ça, mais j'ai l'impression de me noyer. Bon sang, cet enfant pourrait être le mien et je n'en savais rien.

— Je suis désolée, Tucker. Ça ira. On trouvera une solution.

J'essayais de calmer mes pensées, mais elles partaient dans tellement de directions différentes, que je lui dis la seule chose qui me vint à l'esprit.

— Va voir Devin. C'est ton meilleur ami. Il saura quoi faire. Il sait toujours quoi faire, suggérai-je en reculant d'un pas pour le regarder.

— Ouais, il semble toujours tout savoir, répondit-il avec un sourire crispé. Il savait pour nous.

Je me figeai.

— Quoi ?

— Il a toujours su que c'était un mensonge. Ils le savaient tous. Apparemment, ils voulaient voir ce qu'on allait faire. Je savais que je n'aurais pas dû lui mentir. Je suppose que c'est mon karma. Les mensonges s'accumulent et tu finis par te retrouver dans un monde où tu ne sais plus où tu en es.

— Alors il le savait.

Ils le savaient tous. Mais je ne pouvais pas m'occuper de ça maintenant. Je verrai plus tard pour les excuses et ce qu'il y avait à faire. Tucker avait besoin de moi maintenant.

Je ne savais peut-être pas ce que nous étions l'un pour l'autre, mais je pouvais essayer de comprendre ce qu'il nous fallait pour être ensemble en ce moment. Il ne pouvait pas y arriver tout seul. Nous étions sa famille, non ? Je voulais être là pour lui et l'aider.

— D'accord, laisse-moi t'aider. On verra ça plus tard. Pour le moment, va voir Devin.

— Je le ferai.

Il me fixa, la voix vide de toute émotion, si calme qu'elle me glaça.

— Je suppose que c'est fini, n'est-ce pas ? demanda-t-il.

Quelque chose se tordit dans mon cœur et je fronçai les sourcils.

— Comment ça ?

— Tout le monde est au courant, donc pas besoin de continuer cette comédie. Tu as mieux à faire j'imagine, et moi aussi apparemment. Donc, c'est fini.

La glace coula en moi alors que mes doigts me picotaient. Mon cœur s'emballa.

— Oh. Je vois.

Ce que nous avions vécu était faux. Juste une distraction qui était devenue quelque chose de plus, parce que c'était ce dont nous avions besoin sur le moment. Mais il y avait des règles : rien de réel.

Si ça avait été réel, j'aurais pu rester et l'aider.

Mais ça ne fonctionnait pas comme ça. Tucker avait besoin d'espace. Il devait le faire seul et comprendre comment gérer la possibilité d'avoir un fils et tout ce qui accompagnait cela. Il n'avait pas besoin de moi et de mes problèmes en plus.

— Appelle Devin. J'y vais. Je te laisse tranquille.

Pourquoi est-ce que je ne pleurais pas ? J'avais l'impression que j'aurais dû pleurer, mes yeux me piquaient et mon cœur me faisait mal, mais je ne laissais couler aucune larme. Je me contentais de le regarder. J'aurais voulu dire quelque chose qui arrangerait tout, mais je n'étais pas douée pour ça.

Je ne l'avais jamais été.

— Oui, tu devrais y aller. Je t'appellerai plus tard.

— Bien sûr.

Puis je partis en le laissant là, ramenant notre relation à son point de départ : l'amitié.

Mais ce n'était plus pareil, et je ne pensais pas qu'on puisse revenir en arrière.

Pourtant je ne pouvais me lamenter pour mon cœur qui se brisait à nouveau. Ou de cette sensation de noyade. Parce que ce n'était pas moi le centre de l'histoire ici, mais ce petit garçon et tout ce à quoi Tucker devait faire face. Tucker n'avait pas besoin de moi. Il avait Devin, et il s'avait lui-même.

Je ne ferais que gêner.

— Tucker n'a pas besoin de moi, me dis-je à voix haute.

Il ne voulait pas de moi.

Mais j'irai bien.

J'espérais juste que je ne craquerais plus. Et si Tucker avait vraiment besoin de tendre la main, il savait que je serais là pour lui.

Cependant j'ignorais s'il franchirait cette étape.

Chapitre Dix-Sept

Tucker

LA MUSIQUE DE NOËL DANS LES COULOIRS DE l'hôpital me fit grincer des dents et me remémora que je n'avais pas vraiment dormi depuis Melinda.

Je savais que c'était pour Noël et que certaines personnes avaient besoin de joie, mais je me demandais quand même qui pouvait avoir besoin de ça.

Dans certaines chambres il y avait des enfants qui pleuraient et des parents qui essayaient de rester stoïques quand ils n'avaient pas de réponses. Des médecins, des infirmières, des techniciens de laboratoire et des radiologues surmenés s'affairaient. Il y avait tant de douleur et de tristesse dans cet hôpital – semblable à celui dans lequel je travaillais – que jouer de la musique de Noël semblait presque débile.

Mais ensuite, je me souvins du sourire de cette petite fille, quand un de mes collègues s'était déguisé en Père Noël et avait offert des cadeaux aux enfants.

Hanukkah était passé depuis quelques jours, mais il y avait une menorah électrique pour les enfants. De nombreuses fêtes étaient célébrées dans ces salles parce qu'il fallait parfois s'accrocher à ce qui était bon, à ce qui était juste et à ce qui faisait sourire les enfants quand il semblait ne plus y avoir d'espoir dans l'obscurité.

Quelle étrange pensée de se dire qu'il n'y *a* aucun espoir dans cette obscurité. Peut-être que j'avais besoin de trouver mon propre espoir.

— Est-ce que ça va ? demanda Robbie en s'asseyant à côté de moi dans le couloir.

Je regardai l'homme qui avait élevé Evan, qui avait épousé Melinda et qui semblait être un type bien. J'essayai de comprendre ce qu'il devait penser en ce moment.

Le petit garçon qu'il avait élevé, qu'il avait tenu dans ses bras le jour de sa naissance, était malade – et il ne pouvait pas l'aider.

Je ne savais pas ce que je ferais dans cette situation.

J'avais l'impression de ne faire que suivre le mouvement, comme un robot vide de l'intérieur.

— C'est moi qui devrais te poser la question, lui dis-je en le regardant.

Il portait une barbe dont il n'avait pas pris soin depuis un moment, semblait-il, mais il n'avait pas le temps pour ça. Pas quand Evan devait faire des séjours réguliers à l'hôpital. Il avait été admis aujourd'hui, et ne serait plus libéré cette année.

Evan et sa famille allaient passer Noël et le Nouvel An à l'hôpital. Mais avec un peu de chance, le petit garçon serait bientôt en mesure de sortir.

Même si je ne l'avais pas encore rencontré.

Non, on attendait pour ça.

Je n'avais pas parlé à Amelia ces quatre derniers jours. Je n'avais pas appelé Devin. Je n'avais parlé à personne.

J'étais un putain d'idiot.

Mais je ne savais pas quoi leur dire. C'était peut-être pour ça d'ailleurs qu'Amelia avait voulu inventer ce gros mensonge.

Elle avait fait un mauvais choix, et je l'y avais aidé, mais je n'allais pas beaucoup mieux en ce moment. Pourquoi était-ce si facile d'aider les autres, mais quand il s'agissait de soi, on préférait se terrer ?

Mais c'était typique de moi ; j'avais fait ainsi toute

ma vie. Après tout si je ne comptais pas sur les autres, ils ne pouvaient pas me laisser tomber.

Mes parents étaient morts, et même si ce n'était pas de leur faute, une part de moi leur en avait voulu quand j'étais enfant. Car ils étaient partis alors que j'avais besoin d'eux. Et puis personne ne voulait d'un enfant asthmatique avec des terreurs nocturnes et toute cette merde.

Donc, j'étais resté à l'adoption jusqu'à ce qu'ils me virent le jour de mon dix-huitième anniversaire.

J'avais la famille de Devin à présent – du moins je l'avais durant notre enfance. Pourtant j'ignorais les appels de Devin. Je détestais ça, mais comme je ne savais pas quoi dire, c'était ce qui me semblait le mieux. Peut-être.

Il m'avait dit qu'il me botterait le cul si je blessais Amelia, et je me souvenais clairement de son expression à elle quand je lui avais dit de partir. J'avais dû la blesser.

Elle serait bien mieux sans moi.

Mieux sans moi avec ma vie soudain compliquée. Pour un homme qui avait toujours farouchement évité les complications, ça me faisait sortir de ma zone de confort.

Je ne savais plus ce que je devais faire. Tout ce que

je savais, c'était que je ne voulais faire peser aucune responsabilité sur les épaules d'Amelia.

J'ignorais encore comment j'allais affronter ses frères ; mes meilleurs amis.

Devin n'était pas là, parce que personne ne savait où *j'étais*. S'il avait su, il serait probablement ici. Mais j'étais doué pour me cacher et faire les choses par moi-même.

— Ça va ? Non, ce n'est pas la bonne question, hein ? Tu sembles tellement perdu.

Je repoussai mes pensées et regardai Robbie.

— C'est comme si tout arrivait en même temps, et pourtant pas assez vite, dis-je en m'adossant à ma chaise.

Robbie laissa échapper un rire.

— Ne m'en parle pas. On gère ça depuis environ un an. Je ne sais même plus depuis combien de temps, à vrai dire. Melinda pourrait te donner les dates. Elle connaît aussi toutes celles à venir : toutes les infos, et tout ce qu'il y a à savoir sur les médecins. C'est pour ça qu'elle est douée, tu vois ? L'organisation, les mathématiques et tout ce qui lui tombe sous la main.

— Je ne le savais pas, dis-je en retenant une grimace.

— Non, j'imagine que non. Vous n'étiez pas en couple après tout.

Il n'y avait aucun reproche dans son ton, rien qui sous-entendait que peut-être Melinda et moi avions été infidèles, même si, techniquement, ils n'étaient pas ensemble à l'époque.

Tout était tellement compliqué, mais il n'y avait plus moyen de s'enfuir... ou de se cacher.

— Non. Je n'ai pas vraiment eu l'occasion de la connaître.

Je n'avais jamais cherché à connaître les femmes avec qui je sortais. Sauf pour Amelia. Je la connaissais.

Mais à cause de cette grosse erreur, ça n'avait plus d'importance. J'avais beau savoir que ça devait rester faux, je m'étais laissé emporter. J'avais dit à Devin que je ne lui ferais pas de mal, mais quelle importance au final.

Parce que je lui en avais fait. Et que ce n'était pas réparable.

— Ce n'est pas moi qui vais m'en plaindre. Sinon elle ne serait pas revenue vers moi.

— Je suis content que tu sois avec elle. Vous vous avez l'un l'autre.

— Moi aussi. Avant l'arrivée d'Evan elle était la meilleure chose qui me soit arrivée dans la vie. La raison de notre rupture était si bête. C'était au sujet des études surtout.

Je fronçai les sourcils en le regardant.

— Je voulais retourner à la fac, ce que je n'ai finalement pas fait parce que j'ai eu une promotion au travail et tout s'est bien enchaîné. Mais elle ne voulait pas mettre sa carrière entre parenthèses et devoir payer pour mes études. C'était tellement idiot parce que j'aurais fini par m'en rendre compte tout seul. Mais elle pensait que nous devions le faire ensemble. Ce n'était pas si grave au final, car elle est revenue et on s'est retrouvés. Et puis il y a eu Evan.

— Oui, vous avez eu Evan.

— Tu le rencontreras bientôt, promis.

— Et ça te va ?

Robbie haussa les épaules sans me regarder.

— Je pourrais dire que je n'ai pas vraiment le choix, mais c'est faux. Et Melinda aussi, ainsi qu'Evan. Il sait que je ne suis pas son père biologique. Ce sont des faits, et on ne pouvait pas le lui cacher car, même si c'est un petit garçon, il voulait savoir pourquoi ma moelle osseuse ne correspondait pas et pourquoi celle de Melinda n'était pas bonne. Je ne sais pas si on a pris la bonne décision en lui disant, mais c'est fait et on ne peut pas revenir dessus maintenant. Donc, il sait que je ne suis pas son père.

— Et il sait que je le suis, dis-je, laissant ces mots s'installer.

Les résultats des tests étaient revenus. J'étais le père biologique d'Evan. J'allais le rencontrer aujourd'hui.

C'était Melinda qui avait insisté, arguant que j'avais besoin de voir le petit garçon que j'espérais aider.

J'ignorais quoi en penser, ni ce qui se passerait ensuite. Mais si Melinda avait besoin que j'aide son enfant, je devais agir. Parce que je n'allais pas laisser mes problèmes et mes insécurités, faire souffrir davantage un petit garçon.

C'était la seule chose que je pouvais promettre.

Il ne me restait plus grand-chose, après tout.

— Evan est un enfant super, la lumière de ma vie. Avec Melinda on pensait avoir un autre enfant il y a environ un an. On l'aime tellement, on voulait qu'Evan ait un petit frère ou une petite sœur. Et puis tout ça nous est tombé dessus et les choses se sont compliquées. Mais c'est un bon garçon, et je pense que tu l'aimeras. Il est drôle, gentil, un peu fatigué en ce moment, mais il y a encore tellement d'énergie dans ses yeux qu'on voit qu'il préférerait aller courir et jouer à m'attraper.

— J'espère vraiment qu'il pourra bientôt faire tout ça, dis-je, la gorge serrée. J'espère vraiment.

— On ne va pas tarder à le savoir.

— Je vais donner ma moelle osseuse, Robbie. Peu importe ce qui se passera après, mais cette partie-là vous n'avez pas à vous en soucier.

Les épaules de Robbie s'affaissèrent et il hocha la tête.

— Melinda était sûre que tu le ferais. Elle était inquiète au début, mais elle s'est souvenue de la façon dont tu parlais parfois de tes patients. Elle a dit que tu t'inquiétais pour eux. Et ta présence ici en est la preuve. On s'est dit que tu accepterais, ou au moins que tu y réfléchirais. Parce qu'Evan ne peut aller nulle part. Surtout maintenant.

Ses larmes se mirent à couler, mais je ne tendis pas la main pour le réconforter. S'il avait été un de mes amis, je l'aurais fait ; les larmes ne me faisaient pas peur. Robbie avait juste besoin d'un moment pour se ressaisir, alors je me détournai en attendant le retour de Melinda. Elle était dans la chambre d'Evan et le préparait à me rencontrer, même si je me demandai si la veille de Noël était le meilleur moment pour ça.

Je lui avais apporté un cadeau : un livre que j'aimais quand j'étais enfant, et que je n'avais pas pu conserver dans les familles d'accueil successives, même si j'aurais bien aimé.

Je savais que je voulais que le gamin l'ait. Mais peut-être qu'il n'aimerait pas du tout.

J'étais un peu plus jeune qu'Evan quand j'ai tout perdu. À présent, je ne pouvais qu'espérer que ce petit garçon ait une chance.

— Tucker ? Tu es prêt ?

Je me levai, les genoux tremblants et les paumes moites. Je serrai le livre emballé contre moi et hochai la tête.

— S'il l'est.

Melinda m'adressa un sourire triste, mais il y avait un réel espoir dans ses yeux.

J'espérai que ça ne soit pas pour rien.

— Il l'est. Allons-y, il est ravi de te rencontrer.

— Vraiment ? Et il sait qui je suis ?

— Dans un sens. Il est un peu trop jeune pour tout comprendre, mais il sait que tu étais mon ami avant. Et que vous avez le même groupe sanguin, et d'autres choses très similaires. Et que tu es aussi son papa, mais pas de la même manière que Robbie.

Mon cœur s'accéléra et aucun mot ne me vint à l'esprit.

À part « *papa* ».

Mon Dieu.

— Tu n'as pas à être quelque chose que tu ne veux pas être, après ça. Tu pourras partir et ne jamais revenir après avoir fait ce don. Tu n'as même pas à entrer dans cette chambre si tu ne le souhaites pas. Tu n'as pas besoin d'être autre chose pour nous et Evan, qu'un don. *Mais* si tu entres dans cette chambre, tu dois être fort. Il en a besoin. On réfléchira pour la suite plus tard. Tu peux être son ami. Tu peux être ce que tu veux. On trouvera notre place une fois que mon fils sera tiré d'affaire. Parce que c'est tout ce qui m'importe.

J'acquiesçai rapidement et la regardai soupirer de

soulagement alors que Robbie serrait sa femme contre lui et déposait un baiser sur sa tête.

— On s'occupera des détails plus tard. Mais d'abord, essayons de passer un joyeux Noël. D'accord chérie ?

Elle leva alors les yeux vers lui, et je vis un amour qui n'avait jamais été là pour moi. Je n'avais pas besoin de ça de sa part, et elle n'en avait pas besoin de ma part.

Mais je voyais cette émotion à présent. Une émotion que j'avais vue chez Amelia également. Ou peut-être que je réfléchissais trop parce que je ne voulais pas penser à ce qu'il y avait de l'autre côté de cette porte.

Mais ensuite, je n'eus plus le temps de réfléchir, car Melinda ouvrit la porte, et mes jambes se mirent en marche.

Evan était assis dans son lit qui avait été relevé pour qu'il soit bien droit. Il avait une intraveineuse dans le bras et des fils de partout. Je connaissais le nom de chacune de ces machines, je connaissais la drogue qui traversait son corps, je savais pourquoi il était hydraté et pourquoi il avait des cernes sous les yeux.

Je connaissais tous les termes médicaux et tout ce qui pouvait mal tourner, mais ça n'avait pas d'importance. Parce qu'il n'était pas sa maladie. Il n'était pas qu'une statistique.

C'était Evan.

Mon fils.

Et bon sang, c'était une pensée étrange.

— Salut, dis-je d'une voix rauque que j'éclaircis aussitôt. Salut, Evan. Je suis Tucker.

Evan sourit, les yeux brillants bien qu'un peu fatigué.

— Salut. Maman m'a dit que tu viendrais. Je suis Evan.

— Ravi de te rencontrer.

Evan sourit pendant que ses parents allèrent de l'autre côté du lit. Melinda lui prit alors la main. Sa toute petite main.

Mon Dieu, ce petit garçon devait guérir.

Je ne savais pas ce que je ferais si je le perdais juste au moment où je le rencontrais. Sans parler de ce que Melinda et Robbie feraient ou ressentiraient.

Je plongeai dans le regard d'Evan, les mêmes yeux que moi, et je tombai raide dingue de ce gamin, juste comme ça. Un coup de foudre.

Je n'avais aucune idée de la place que j'occuperais dans sa vie et des étiquettes nous porterions. Mais ça n'avait pas d'importance.

Ce gamin devant moi, était le lien dans ma vie que j'attendais depuis toujours. Un lien dont j'avais toujours pensé ne pas avoir besoin ou ne pas vouloir. Tout ce que j'avais activement évité toute ma vie.

Et il était juste là, devant moi. Et je savais que je ne pourrais jamais m'en aller.

— J'ai un livre pour toi, dis-je en regardant le paquet emballé. Ça ressemble à un livre même emballé, donc ce n'est pas vraiment une surprise. Mais j'aimerais t'en parler.

— Un livre ? J'adore les livres.

Je fis quelques pas et m'assis à côté de lui, regardant dans ces petits yeux tristes qui avaient encore du bonheur malgré tout ce qui se passait, et je sus que quoi qu'il arrive, tout irait bien. Car je refusais qu'il en soit autrement.

Je croisai les regards de Melinda et Robbie, puis hochai fermement la tête avant de reporter mon attention sur Evan.

Il était ce qui importait.

Juste lui.

C'était la seule chose à laquelle je pensais.

Lui.

Et ça m'allait.

Je restai une bonne heure avant qu'Evan ne s'endorme, puis je laissai Melinda et Robbie avec leur fils.

Puisqu'ils étaient dans le service pédiatrique et que c'était un jour de fête, ils pouvaient tous les deux passer la nuit ici, plutôt qu'un seul.

J'étais heureux qu'ils se soient rencontrés, et j'étais

encore plus heureux d'avoir un moment pour respirer, pour essayer de donner un sens à mes émotions.

Je rentrai chez moi, la veille de Noël, juste à l'heure du dîner, seul. C'était ce que j'étais.

Non, ce n'était pas vrai. J'avais toujours eu Devin et sa famille. Je n'étais pas seul. Mais à ce moment, je me sentais seul et embourbé dans une agitation de ma propre fabrication.

Parce que j'avais repoussé Amelia. Contrairement à ce que j'avais dit.

Je lui avais acheté un cadeau la semaine précédente. Une petite chose pour la faire sourire, quelque chose qu'elle pourrait accrocher dans sa chambre pour capter la lumière et qui lui donnerait du bonheur. Parce qu'elle créait la vie avec ses mains et qu'elle apportait de la joie aux gens.

Et je l'avais blessée, à cause de mes peurs et parce que je voulais être seul. Je lui avais fait exactement la même chose que Tobey. Je l'avais mise à la porte parce que j'avais peur et que j'étais un con et un idiot.

Seigneur. C'était la veille de Noël, et je n'avais aucune idée de ce qu'elle faisait, de ce qu'elle ressentait parce que je ne pouvais même pas donner un sens à mes propres pensées.

D'une manière ou d'une autre... j'ignorais comment,

mais j'étais tombé amoureux d'Amelia Carr, et je ne m'en étais même pas rendu compte.

C'était censé être pour de faux. Un peu de plaisir jusqu'à ce qu'elle aille bien et soit prête à passer à autre chose.

Mais je ne voulais pas qu'elle passe à autre chose. Je la voulais avec moi. Et j'avais tout gâché.

Puis je pensais à Evan et au fait que l'avenir n'était pas toujours garanti. J'ignorais ce que la vie me réservait, comment les choses allaient évoluer, mais je savais que je ne pouvais pas le faire seul.

J'avais besoin de mes amis. Les personnes qui avaient toujours été à mes côtés. Et la femme dont j'avais fini par tomber amoureux, même si je me l'étais interdit. Bon sang, ce n'est pas parce que je pensais *devoir* tout faire par moi-même que c'était le cas.

Je n'avais jamais voulu me marier ou avoir des enfants parce que j'avais peur de les perdre. Et pourtant je me retrouvais avec quelqu'un dans ma vie qui pouvait *mourir*, et je ne le connaissais que depuis peu. C'était une vérité que je devais affronter. Plus question de fuir la vie que j'aurais pu avoir si je n'avais pas été un tel idiot. Toutes mes raisons pour être celui que j'étais, pour les décisions que j'avais prises, m'échappaient à présent. Je savais que j'avais merdé.

Il fallait que je trouve Amelia et que je répare cela.

Alors que la neige commençait à tomber et que les lumières scintillaient sur les maisons environnantes, je sus que c'était maintenant ou jamais. Parce qu'il n'y avait pas de lendemain pour certains, et que je voulais passer le reste de ma vie avec elle.

Je devais la voir, même si elle me refusait de m'écouter.

Chapitre Dix-Huit

Amelia

La chanson qui passait à la radio me disait de passer un joyeux Noël, mais la seule chose dont j'étais capable, c'était d'essayer de retenir mes larmes.

Je me sentais si mal. Sérieusement. Si mal.

Je n'étais plus la même personne qu'il y a un mois, mais je me sentais quand même mal. Car j'étais seule... Comme toujours. Mais cette fois, c'était encore pire.

Mon téléphone sonna à côté de moi et je le regardai, surprise de voir le nom de Tobey.

Je déglutis avec peine.

Tobey : *Joyeux Noël. J'espère que tu passes de bonnes fêtes.*

Était-ce étrange que je ne ressente rien à ce moment-là ? Aurais-je dû ? Ce n'était pourtant pas le cas. Tobey n'était pas l'homme que je croyais, mais c'était peut-être de ma faute puisque je n'avais vu que ce que je voulais voir. Mais au final, quelle importance ? Je ne pouvais pas être la personne dont il avait besoin, et il n'était sûrement pas l'homme dont j'avais besoin.

Moi : *Joyeux Noël.*

Je ne dis rien d'autre. Il n'y avait pas grand-chose de plus à dire. Il ne répondit pas, et c'était tant mieux. Tobey était mon passé et ne faisait plus partie de mon futur. C'était une leçon que j'avais durement apprise. Mais je n'étais pas seule. Pas vraiment.

J'étais entourée de ma famille durant ce réveillon de Noël empli d'aboiements de chiens, de rires et de vin.

Ma famille était tout : ils avaient toujours été là pour moi, et je l'avais presque oublié en essayant de les repousser.

Bien sûr, comme moi, ils étaient un peu envahissants et voulaient toujours montrer leur présence, et parfois c'était un peu trop. Mais en les repoussant comme je l'avais fait, je m'étais presque perdue, et j'avais pris de mauvaises décisions : je m'étais permis de mentir et de tomber amoureuse de quelqu'un dont je n'aurais pas dû.

Mon Dieu, était-il possible d'être à ce point bête ?

Je croyais aimer Tobey, alors j'avais fait ma déclaration de la façon la plus exagérée possible, pensant que c'était ce qu'il voudrait, mais j'avais eu tort. Horriblement tort.

D'une manière ou d'une autre, je n'avais pas vu sous la surface. Je n'avais pas vraiment vu l'homme qu'il était... et au final, je n'avais pas aimé celui que j'avais vu sans mes lunettes roses.

J'avais donc perdu mon meilleur ami.

Et maintenant Tucker. Mon Dieu, Tucker.

Il avait été là pour moi quand j'avais eu besoin de lui. Et au final j'avais foiré ça aussi.

Je l'aimais.

Comment était-ce possible ?

Nous nous connaissions depuis des années, mais je ne le considérais que comme un ami. Rien de plus. Je m'étais trompée.

J'avais toujours été attirée par lui, mais ça s'était transformé en quelque chose de plus quand on a commencé à se tourner autour et faire cet étrange chemin l'un vers l'autre.

Et ensuite, au moment où il avait semblé avoir le

plus besoin de moi, il m'avait repoussée, et je n'avais pas su revenir vers lui pour essayer de l'aider.

Parce que, et si j'avais tort ? Et si je faisais les mêmes erreurs qu'avec Tobey et que j'aggravais les choses ?

Je ne pensais pas qu'il m'aimait, car ce n'était pas prévu. C'était une règle qu'on s'était fixée. Je préférais donc le laisser se tourner vers ses autres amis et vers Devin, parce que je refusais d'être la personne qui ruinerait une autre amitié à cause de mes sentiments.

Même si je n'étais plus très sûre de ce que je ressentais.

— D'accord, ça suffit, dit Thea en s'asseyant à côté de moi et en me tendant un verre de vin.

Je regardai ma belle-sœur et souris.

— Tu as l'air gaie.

— Je ne peux pas m'en empêcher. J'adore cette famille. Et j'adore que vous veniez tous à Springs demain pour fêter Noël avec les Montgomery.

— Tant qu'ils n'y sont pas tous.

— Hé, ça sera uniquement la famille directe et leurs conjoints. Mes cousins n'y seront pas. Ne t'inquiète pas, tu ne seras pas complètement noyée.

— Seulement un peu, déclara Dimitri en riant.

— Tu vois ? Tout ira va bien. Maintenant, prends une gorgée de ton vin et viens ouvrir ton cadeau.

— Je continue à trouver ça étrange que vous n'ouvriez qu'un seul cadeau la veille de Noël, déclara Erin en secouant la tête. Nous avions toujours l'habitude d'ouvrir tous nos cadeaux la veille de Noël et d'en garder un pour le matin de Noël.

— Eh bien, c'est juste étrange, dit Caleb en s'appuyant contre la porte. Vraiment étrange. Tu es sûre que tu n'es pas un alien ?

— Tu as de la chance que ma sœur soit avec la famille de son mari, sinon elle te botterait le cul pour ce commentaire, déclara Erin en s'appuyant contre Devin.

Celui-ci lui donna un baiser sur la tête avant de me lancer un regard inquiet. Je lui adressai vivement un sourire que j'espérais convaincant. Parce que j'allais bien. Plus personne n'avait besoin de s'inquiéter pour moi. C'est pour Tucker qu'on devait s'inquiéter ; le sujet tabou qui n'était pas là. Il avait été invité pourtant. Devin lui avait envoyé un texto il y a quelques jours et lui en avait même envoyé un autre récemment. Mais il n'était pas venu et n'avait contacté personne non plus.

Personne ne savait s'il avait reçu les résultats du test, s'il avait fait un don de moelle osseuse ou même si le petit garçon allait bien.

— Avant d'aller plus loin dans l'étrangeté de nos familles, je veux dire quelque chose, déclara Devin.

Caleb et Dimitri se regardèrent.

— D'accord, dis-je rapidement. Quoi ?

— Tucker n'est pas là.

— Je sais. Et j'en suis désolée.

— Oh, tais-toi, aboya Caleb. Ce n'est pas de ta faute.

— Un peu quand même, dis-je rapidement.

— Non. Ce n'est pas de ta faute. Il traverse une épreuve, et comme toujours dans ces cas-là, il repousse les gens. Il a toujours été comme ça. Même avant que vous ne soyez ensemble, expliqua Devin en plissant les yeux. Et ne t'excuse pas pour le mensonge parce que je sais que vous avez fini par sortir ensemble pour de vrai.

— Je ne sais pas trop, dis-je d'une voix légèrement tremblante avant de déglutir avec effort et d'essayer de me ressaisir. Et ce n'est pas important.

— *C'est* important, déclara Zoey qui se tenait derrière Caleb.

Je remarquai qu'ils évitaient de se regarder tous les deux. Il se passait quelque chose entre eux, et je ne savais pas trop quoi. Mais j'avais mes propres problèmes à régler et je n'allais pas me mêler des leurs. Pas à moins qu'ils aient besoin de moi ou qu'ils me le demandent.

Super, je devenais exactement le genre de personne que j'essayais de repousser. Peut-être que je n'aurais pas dû les repousser à la base.

— Comme je le disais, poursuivit Devin, Tucker n'est pas là. Je lui donne encore aujourd'hui, mais demain j'irai voir s'il va bien.

— On ira avec toi, dirent Caleb et Dimitri en même temps avant de se regarder en haussant les épaules.

— Si tu veux que j'y aille, je viendrai aussi, mais je ne sais pas s'il veut me voir, dis-je en regardant mes mains.

Thea me prit le verre de vin et le posa sur la table avant de me serrer la main.

— Je propose qu'on aille tous chez lui demain et qu'on l'emmène avec nous chez les Montgomery.

Tout le monde cessa de parler et regarda Thea, qui haussa les épaules.

— Quoi ? On est tous passés par des moments difficiles, et parfois, on a juste besoin d'une flopée d'amis bruyants pour sourire un peu. Je suis désolée pour ce qu'il traverse, même si certains d'entre nous ont vécu leurs propres drames, mais parfois on a simplement besoin d'être contraint à être aimé. C'est le seul moyen d'y remédier.

Dimitri embrassa sa femme sur les lèvres avant de lui chuchoter quelque chose à l'oreille.

— Je ne sais pas quoi faire, dis-je en soupirant.

— Il a besoin de nous, déclara Devin. C'est peut-être une bonne idée parce que je ne sais pas vraiment quoi faire d'autre. Je déteste qu'il souffre et nous repousse.

— Je vous ai fait la même chose les gars, et j'en suis désolée.

— Tobey était un con, déclara Zoey.

Caleb la regarda et sourit. Ils échangèrent un regard avant de détourner rapidement les yeux.

Intéressant. Mais encore une fois, je n'allais pas m'en mêler.

— Oui, c'était un con. Mais ça n'a plus d'importance. Ce qui est important, c'est Tucker. Je veux être sûr qu'il va bien.

— D'accord.

— Et si je dois lui mettre une raclée pour t'avoir fait du mal, je n'hésiterai pas... dès que j'aurai l'assurance qu'il va bien, dit Caleb avec désinvolture.

Mes deux autres frères acquiescèrent sagement.

— Tu ne peux pas faire ça, dis-je rapidement.

— Oh que si. C'est notre prérogative.

Thea soupira.

— C'est vraiment le cas en plus, dit-elle.

Erin et Zoey hochèrent également la tête.

— Nous sommes juste amis. C'est tout.

— Nous n'allons pas entrer dans les détails de la raison pour laquelle vous n'êtes pas seulement amis, parce que je ne veux pas avoir à m'arracher les yeux, commença Caleb. Mais vous ne l'êtes pas. Et tu souffres en ce moment. Je ne sais pas si c'est à cause de Tobey ou de Tucker.

— Comment donner l'impression que ma vie est un vrai mélodrame, dis-je légèrement agacée.

— Ce n'est pas ce que je voulais dire, grommela Caleb tandis que Zoey lui lançait un regard noir.

— Nous sommes tous habitués à leurs présences. Mais si Tobey n'est pas là, c'est parce que c'est un con, et je continuerai à le répéter.

— Je n'arrive pas à croire que je me sois tellement trompée sur lui.

— Comme nous tous, déclara Devin. Mais il est parti maintenant et il peut aller se faire foutre. Le plus important c'est que tu es ici avec nous, et on va faire en sorte que Tucker le soit aussi. Vous verrez plus tard ce que vous voulez faire, mais le principal c'est qu'il aille bien. Parce qu'il fait partie de la famille : cette petite famille bizarre et étrange que nous avons formée.

Je soupirai en hochant la tête, puis la sonnette retentit. On se regarda tous, et mon estomac se noua.

— Je crois que tu devrais aller voir qui c'est, dit Dimitri. Ce n'est peut-être rien, mais il y a des miracles de Noël.

Je me mordis la lèvre et me levai, laissant les autres dans le salon, même si je savais qu'ils me suivraient probablement bientôt. Une fois devant la porte, je regardai par l'œil de bœuf pour m'assurer que ça ne soit pas un meurtrier à la hache ou quelque chose comme ça.

Puis je soupirai avant d'ouvrir la porte, et je regardai sans trop savoir quoi faire.

Je l'aimais. Je l'aimais tellement.

Je n'en avais jamais eu l'intention. Je n'avais pas du tout cherché à tomber amoureuse.

— Tucker, murmurai-je.

Il me regardait, un cadeau à la main et les cheveux en bataille comme s'il n'avait pas arrêté de se passer les mains dedans.

— Tu es là, murmura-t-il en faisant un pas avant de se figer.

C'est alors que je remarquai que mes trois frères étaient juste derrière moi, regardant par-dessus ma tête.

— Je m'en occupe dis-je en essayant de prendre un ton sévère.

— On verra, grogna Caleb.

— Ouais, ajouta Dimitri.

— Ça va ? demanda Devin à l'attention de Tucker.

— Je vais bien. On parlera plus tard ? répondit Tucker en regardant par-dessus ma tête.

Je me tournai pour regarder mon frère qui hocha la tête, puis emporta les autres avec lui avant de me pousser en avant. Je trébuchai et atterris dans les bras de

Tucker. Avant que je puisse crier sur Devin, il claqua la porte et fit tourner la serrure.

— Quoi ? demandai-je, complètement surprise.

Tucker renifla et secoua la tête.

— Je te jure que la fratrie Carr n'est pas du tout subtile.

— Je suppose que non.

Je m'éloignai rapidement, enroulant mes bras autour de mon corps. Il neigeait dehors et je ne portais pas de manteau. Ce n'était sûrement pas très intelligent, mais ce n'était pas comme si j'avais eu le choix.

Tucker jura dans sa barbe et posa le cadeau sur la marche avant de retirer sa veste et de la passer sur mes épaules. Il portait un pull à col roulé, donc il avait au moins un peu chaud, mais je savais qu'aucun de nous ne pourrait rester dehors longtemps.

— Salut, dis-je d'une voix douce.

— Salut. J'aurais dû venir plus tôt. J'avais un rendez-vous, et puis j'ai eu la tête dans le cul. Merde, j'ai la tête dans le cul depuis bien trop longtemps.

— Un rendez-vous ? demandai-je sans prendre la peine de relever la dernière partie.

Je n'étais pas vraiment sûre de pouvoir répondre à ça de toute façon.

— Oui, je devais récupérer des résultats de test et rencontrer Evan.

Mes yeux s'écarquillèrent et ma bouche s'assécha.

— Vraiment ?

Tucker glissa ses mains dans ses poches et j'inhalai son odeur sur sa veste. Mon corps s'échauffa alors que le désir me submergeait.

— Oui. C'est un garçon super. Je lui ai fait un peu la lecture, parlé avec ses parents. On a fixé un autre rendez-vous pour faire don de ma moelle osseuse et tout ça. Il est de moi. Je ne sais pas ce qui va se passer ensuite, putain, mais il est de moi. Je l'ai regardé une seule fois et je suis tombé amoureux de lui.

Les larmes me montèrent aux yeux, tout comme lui, et je les essuyai.

— Vraiment ?

Tucker hocha fermement la tête.

— Ouais. Il est de moi. Il est à Robbie et Melinda, mais je pense qu'une petite part de lui est aussi à moi. Comme je l'ai dit, je ne sais pas ce qui se passera, mais je verrai bien. Le principal c'est qu'Evan aille bien.

— Bien sûr. Alors, vous êtes compatibles ? Tu vas pouvoir faire un don ?

— Oui. Ça ne faisait aucun doute. C'est la seule chose en mon pouvoir : donner un peu de moi pour l'aider. Même si je ne sais pas quoi faire du fait qu'il soit de moi. Mais, oui, joyeux Noël, non ?

Des larmes coulaient sur mes joues, et il se pencha pour les essuyer de son pouce.

— Ne pleure pas, mon cœur. Ça va aller. On va se battre.

— Il t'a dans son équipe. Et tous les Carr aussi. Mon Dieu, ce gamin va avoir tellement de famille maintenant, dis-je d'une voix tremblante.

Tucker eut un sourire sincère qui illumina son regard.

— Oui. Tellement de famille. Je n'aurais vraiment pas dû te repousser. Les Carr sont ma famille, les gens de ma vie qui ont toujours été là. J'aurais dû vous laisser en faire partie.

Je hochai la tête, essayant de penser aux mots à dire, car même si c'était vrai, ça faisait quand même mal.

— Oui. Nous serons toujours là pour toi.

Quand il prit mon visage entre ses paumes, j'eus peur qu'il me dise que c'était fini et que nous resterions amis quoi qu'il arrive. Parce que je ne savais pas si je pourrais m'en contenter. Je m'étais menti en pensant que tout irait bien une fois qu'on serait séparés.

— Ils sont ma famille. Mais toi, tu es encore autre chose. Je ne sais pas comment c'est arrivé, mais d'une certaine manière, tu n'étais plus seulement la petite sœur de mon meilleur ami, mais quelque chose de plus. Tu es

Carrie Ann Ryan

drôle, fougueuse et incroyable. Tu es brillante et belle, et j'aime que tu sois dans ma vie. J'adore passer du temps avec toi. J'adore cuisiner avec toi et regarder des films idiots avec toi. J'aime essayer de prévoir ce qu'on peut faire ensemble quand on ne travaille pas. Je veux pouvoir te parler d'Evan et de tes frères et de tout le reste. Je veux comprendre qui nous sommes et où nous allons à partir d'ici. Je ne veux plus te quitter. Je ne veux pas être Tobey.

À présent je pleurais carrément et l'espoir s'épanouissait en moi avec une telle violence que c'était effrayant.

— Moi aussi, je veux tout ça. Mais ce n'est pas ce qu'on s'était promis. Je ne veux pas gâcher notre relation.

— Alors ne le faisons pas. Nous ne mentons plus jamais. On se dit toujours ce qu'on ressent et ce qu'on compte faire. On veille à ce que les autres sachent qui nous sommes et ce que nous représentons l'un pour l'autre. Parce que ce que je vis en ce moment mon cœur, je ne veux pas le vivre sans toi. Je ne sais pas ce que ça signifie, et nous n'avons pas besoin de mettre des étiquettes tout de suite. Mais je ne veux pas le faire seul, parce que je suis tombé amoureux de toi, même si je me l'étais interdit. Même si je savais que c'était un choix imprudent. Mais je t'aime tellement.

Je pleurais, incapable de retenir mes larmes. Il me sourit puis se pencha pour ramasser le cadeau.

— J'ai pensé que je devrais aussi te donner ton cadeau maintenant.

Je clignai des yeux, essuyant mes larmes en regardant la boîte.

— Je n'ai pas le tien. Je ne pouvais pas le sortir du placard.

Ma gorge me faisait mal et je reniflais, consciente que je ne ressemblais plus à rien. C'était souvent le cas ces derniers temps, mais, apparemment ça ne l'avait pas empêché de tomber amoureux de moi.

— Il fait un sacré froid ici, donc je te le montrerai plus tard, mais c'est un attrape-lumière. Tu pourras le mettre dans ta chambre et regarder les arcs-en-ciel scintiller sur tes murs quand tu te réveilleras le matin. Ça apportera un peu de l'extérieur à l'intérieur.

Je tins la boîte près de moi et lui souris, secouée par tant d'émotions que j'avais du mal à suivre.

— Je t'ai acheté un attrape-rêves. On était visiblement sur la même longueur d'onde.

— Vraiment ? demanda-t-il, les yeux assombris.

— Oui. Pour te protéger de tes cauchemars. Je sais que c'est idiot, mais je l'ai vu et j'ai pensé à toi.

— C'est parfait, Amelia. Ce sera parfait.

— Je ne suis pas parfaite, j'en suis loin.

— Pareil pour moi. Mais on va y travailler et faire en sorte que ça fonctionne, dit-il avant d'ajouter, incertain : Si tu veux. Parce que tu n'as encore rien dit.

— Je ne suis pas très douée pour ça, dis-je honnêtement. La dernière fois que j'ai dit à quelqu'un que je l'aimais, je me trompais sur mes sentiments.

Il hocha la tête, le regard assombri. J'étais en train de tout gâcher. Il fallait vraiment que je fasse mieux.

— Je pensais savoir ce qu'était l'amour. Je pensais savoir de quoi j'avais besoin. Mais quand j'ai commencé à mieux te connaître et à ressentir des choses pour toi, j'ai su que ce que je ressentais pour cette autre personne n'était qu'un pâle reflet de ce que je ressentais pour toi. Tu es ma personne. Tu es celui qui me fait sourire et me donne envie d'en avoir plus. Tu es celui qui me fait rire et attise cette chaleur en moi qui n'est pas seulement de l'attirance physique. C'est bien plus, et ça me donne envie de découvrir qui je suis, et je sais que je ne serai pas seule pour le faire.

— Je ne partirai plus jamais comme ça. Je ne te repousserai jamais. Je ferai mieux. Je peux te le promettre.

— Je t'aime, Tucker. Je sais que nous n'aurions pas dû tomber amoureux si vite. Je sais que ça n'a aucun sens. Mais je t'aime. Et j'ai hâte de découvrir la suite avec toi et de nous voir nous battre côte à côte, quoi qu'il arrive. Je serai toujours de ton côté. Peu importe ce qui arrive.

C'était une promesse que je pouvais faire. Une promesse que je me savais capable de tenir, quoi qu'il arrive.

Il sourit et quand il se pencha vers moi, ma famille commença à crier, acclamer et hurler depuis la maison.

Je levai les yeux au ciel, et leur fis un doigt d'honneur par-dessus mon épaule, puis je ris lorsque les lèvres de Tucker se pressèrent contre les miennes. Il m'embrassa avec abandon, sous le regard de tous. Mais je les ignorai aussi, parce que c'était mon avenir, ma décision.

J'avais déjà fait des erreurs et je savais que j'en ferais probablement d'autres, mais je n'aurais pas à les gérer seule.

Je suivrai mon chemin, et trouverai le nôtre. Tant de choses nous attendaient. Tout cela n'était que le début.

J'avais été imprudente plus d'une fois dans ma vie, mais jamais dans mes rêves les plus fous je n'aurais imaginé que ça me mènerait ici : vers la seule personne sur laquelle je pouvais m'appuyer, celle qui pourrait être mon éternité.

Même si je ne m'y attendais pas.

Épilogue

Tucker

— PRENDS-MOI EN ENTIER, GRONDAI-JE EN ALLANT et venant lentement en elle.

Elle gémit et se tortilla quand je m'arrêtai pour m'assurer qu'elle était prête pour moi.

— Continue, Tucker. Arrête de me taquiner.

Elle me regarda avec de grands yeux, la bouche entrouverte. Je me remis alors à bouger.

C'était notre première fois dans cette position particulière, et même si nous avions déjà utilisé des jouets et des doigts, la prendre par derrière était d'un tout autre niveau. Je regardai son visage alors que je bougeais, cherchant une quelconque indication que ce n'était pas ce qu'elle voulait ou ce dont elle avait besoin.

Mais elle ne faisait que supplier pour que je lui en donne plus. Et parce que je l'aimais, parce que j'avais besoin d'elle et qu'elle était tout pour moi, je continuai.

Je me penchai, ondulant mon bassin pendant que je suçais ses seins avant de remonter vers sa bouche. Quand elle s'accrocha à moi et que son corps se cambra, je glissai mes doigts entre nous sur son clitoris, et ses ongles s'enfoncèrent dans mon dos.

— Tucker, souffla-t-elle.

Je pressai à nouveau, ma bouche sur la sienne et on jouit ensemble, nos corps tremblants. Je restai au-dessus d'elle, la regardant descendre de son orgasme tandis que je caressais sa joue. J'avais besoin de la toucher, peu importe où nous étions, ce que nous faisions, j'avais constamment besoin d'avoir mes mains sur elle.

— Ça va ? murmurai-je d'une voix rauque.

— Merveilleusement bien. Je prends mon pied avec toi, dit-elle les yeux dansants de malice.

— Je prends aussi mon pied avec toi, mon amour, dis-je en l'embrassant à nouveau. Laisse-moi nous nettoyer, puis je te nourrirai comme promis.

— Du gâteau ? demanda-t-elle en souriant.

Je levai les yeux au ciel. Nous venions de faire l'amour pour la troisième fois au cours des dernières heures et elle arrivait encore à me rendre dur. Cette femme. Ce sacré bout de femme était incroyable.

— Peut-être.

Je me retirai d'elle, puis on alla se laver, silencieusement, prenant notre temps. Nous étions ensemble depuis six mois maintenant, et j'en apprenais davantage sur elle à chaque instant qui passait. J'avais hâte d'en savoir plus et de me découvrir en étant auprès d'elle.

Une fois plus ou moins habillés, je la pris par les hanches et l'installai sur le plan de travail de la cuisine. Elle croisa ses jambes nues puisqu'elle ne portait que mon T-shirt, et je lui donnais des bouchées de gâteau, partageant ainsi ma fourchette avec elle.

— Tu sais, j'allais te faire la cuisine. Des pâtes ou un truc de ce genre.

Elle sourit, la bouche pleine de gâteau au chocolat avant d'avaler la grosse bouchée.

— On peut faire ça demain.

Je secouai la tête et posai la fourchette avant de placer mes deux mains des deux côtés d'elle sur le plan de travail.

— Non. Je te sors. C'est notre anniversaire.

Elle fronça les sourcils.

— Notre anniversaire c'est à Noël...

— Non. Je compte depuis notre premier rencard où je t'ai emmenée dîner chez ta famille.

— Alors, c'est un rencard barbe ?

Elle sourit en disant cela, et je ne pus m'empêcher de goûter ses lèvres. Sérieusement, cette femme était addictive.

— Si tu veux. Je serai toujours ta barbe, dis-je en lui mordillant la lèvre. Mais sache que je suis réel aussi.

— Bien, dit-elle en me mordant la mâchoire. Je suis dans le besoin.

— Exactement comme j'aime, dis-je en souriant avant de retourner au gâteau.

Mon téléphone sonna et Amelia décrocha puisqu'il était à côté d'elle.

— C'est Melinda, dit-elle en me le tendant. Tout va bien ?

Je hochai la tête en regardant le message. Au cours des six derniers mois, les choses avaient radicalement changé, et on s'était tous rapprochés. Les deux femmes étaient désormais amies, et faisaient front ensemble pour Evan.

Durant la pire période du traitement, Melinda avait attrapé une pneumonie, et Robbie nous avait demandé, à Amelia et à moi, de l'aider pendant qu'il s'occupait de sa femme. Étant donné que le système immunitaire d'Evan était presque inexistant à ce moment, Melinda ne pouvait voir son fils que par chat vidéo.

Mais Amelia était intervenue, et avec elle le reste des Carr, et Evan n'avait jamais été seul.

Il n'y avait jamais eu d'animosité ou de malaise entre nous. Nous voulions tous qu'Evan se sache aimé, en bonne santé et entier.

Melinda était une amie maintenant, quelqu'un avec qui j'avais un passé qui avait eu pour conséquence d'amener Evan dans nos vies.

Robbie faisait aussi partie de notre groupe, et il sortait avec moi, Devin et les autres quand il le pouvait.

Et Evan... Evan était mon fils.

Il m'appelait toujours « Tucker », et ça me convenait parfaitement si c'était ce qu'il voulait. Robbie était son père. Il en serait toujours ainsi. Mais je faisais partie de sa vie maintenant, et nous suivions notre propre chemin.

Melinda : *Evan dit qu'il veut une fête Mario Kart pour son anniversaire. Je ne savais pas que les enfants aimaient toujours ça ces jours-ci. Tu veux nous aider ?*

Je reniflai.

— Evan a choisi Mario Kart comme thème de fête.

Amelia jeta son poing en l'air.

— Oui ! Je savais qu'il aimerait.

— Alors c'était ton idée ? dis-je en secouant la tête. J'aurais dû m'en douter.

— Ce gamin est un génie pour ce qui de *Rainbow Road*. Il te bat chaque fois. C'est pour ça que tu râles.

— N'importe quoi, grommelai-je.

Moi : *On est partants. Tu peux t'en prendre à Amelia pour l'idée.*

Melinda : *J'aurais dû m'en douter ! Mais dis-lui merci. Robbie est tout excité. À Samedi ?*

Moi : *À samedi. Dis au petit que je l'appellerai demain.*

Melinda : *OK.*

Je reposai le téléphone et continuai à donner du gâteau à Amelia.

— Donc, samedi, on va à la fête, puis je travaille de nuit. Ça te va ?

— Parfait. Et puis je pars pour une soirée entre filles puisque Zoey a des détails sur une certaine chose dont personne ne parle.

Je haussai les sourcils.

— Vraiment ?

— Ouais. Une certaine chose dont un certain frère ne parle pas non plus. Alors, bien sûr, Erin et moi allons cuisiner Zoey.

— Et tu me raconteras à mon retour ?

J'avais emménagé chez elle le mois précédent, car nous avions décidé qu'il était hors de question de déplacer une serre. La maison était assez grande pour nous deux, et Evan avait aussi une chambre au cas où il voudrait passer la nuit. Il ne l'avait pas encore fait, mais maintenant que ses traitements se passaient bien et qu'il était autorisé à rentrer chez lui, il venait une fois par semaine et faisait parfois la sieste dans sa chambre.

Enfant, je n'avais jamais eu de vraie chambre à moi. Je voulais que mon fils ait son propre espace, même s'il n'était pas souvent là.

— Bien sûr, dit-elle en dansant un peu sur place. Ça devrait être intéressant.

En pensant au fait que la famille voulait toujours savoir ce qu'Amelia et moi faisions, je n'en étais pas si sûr. Je laissais une large place à Caleb et Zoey concernant leur vie privée.

Après tout, j'avais ma propre vie à mener. Mais au moins, je n'étais pas seul.

Je ne serais plus jamais seul, pas avec ma famille de cœur. Et la femme devant moi.

— Je t'aime, murmurai-je en baissant la tête vers la sienne.

Elle sourit doucement, le regard chaleureux.

— Je t'aime aussi. Tu es le meilleur faux rendez-vous que j'aie jamais eu.

— Et tu es le meilleur vrai rendez-vous que j'aie jamais eu.

Et quand on s'embrassa à nouveau, on oublia complètement le gâteau et les problèmes des autres. On n'avait d'yeux que l'un pour l'autre.

J'étais tombé amoureux de la petite sœur de mon meilleur ami et c'était la chose plus imprudente que je n'aie jamais faite.

Mais si c'était à recommencer, je le referais sans hésiter.

CLIQUEZ ICI pour lire une scène bonus spéciale mettant en vedette Amelia et Tucker ! Vous voulez lire cette scène !

Le prochain tome de la série *L'un et l'autre* ?
C'est le tour d'Calebdans Rien d'autre que nous

Note de Carrie Ann

Je vous remercie d'avoir lu Elle et aucune autre! Si vous avez aimé cette histoire, j'espère que vous envisagerez de laisser un avis ! Les avis sont utiles pour les auteurs *et* les lecteurs.

La série se poursuit avec Rien d'autre que nous!

L'un pour l'autre:

Tome 1: Elle et aucune autre

Tome 2: Nul autre que toi

Tome 3: Rien d'autre que nous

CLIQUEZ ICI pour lire une scène bonus spéciale mettant en vedette Amelia et Tucker ! Vous voulez lire cette scène !

Et d'autres encore !

Pour vous assurer d'être informé de toutes mes nouvelles parutions, inscrivez-vous à ma newsletter sur www.CarrieAnnRyan.com ; suivez-moi sur Twitter @CarrieAnnRyan, ou sur ma page Facebook. J'ai également un Fan Club Facebook où nous discutons de sujets divers, avec annonces et autres goodies. C'est grâce à vous que je fais ce que je fais, et je vous en remercie.

N'oubliez pas de vous inscrire à ma LISTE DE DIFFUSION pour savoir quand les prochaines publications seront disponibles, participer à des concours et obtenir des *lectures gratuites*.

Bonne lecture !

De la même autrice

Montgomery Ink: Colorado Springs

Tome 1: Point à la ligne

Tome 2: À grands traits

Tome 3: En pleins et déliés

Montgomery Ink:

Tome 0.5: À l'encre de ton cœur

Tome 0.6: À l'encre du destin

Tome 1 : À l'encre déliée

Tome 1.5: À l'encre de ton âme

Tome 2 : À dessein prémédité

Tome 3 : D'encre et de chair

Tome 4 : Attrait pour trait

Tome 4.5: À l'encre des secrets

Tome 5: Entre les lignes

Tome 1 : Mystères de l'aube

Tome 2 : Révélations au crépuscule

Tome 3 : Clarté nocturne

Redwood:

1. Jasper
2. Reed
3. Adam
4. Maddox
5. North
6. Logan
7. Quinn

Griffes

1. Gideon
2. Finn
3. Ryder
4. Bram
5. Parker

Pour plus d'informations, abonnez-vous à la LISTE DE DIFFUSION de Carrie Ann Ryan.

À propos de l'auteur

Carrie Ann Ryan n'avait jamais pensé devenir écrivaine. C'est seulement quand elle est tombée sur un roman sentimental alors qu'elle était adolescente qu'elle s'est intéressée à cette activité. Lorsqu'un autre romancier lui a suggéré d'utiliser la petite voix dans sa tête à bon escient, la saga *Redwood* ainsi que ses autres histoires ont vu le jour. Carrie Ann a publié plus d'une vingtaine de romans et son esprit foisonne d'idées, alors elle n'a guère l'intention de renoncer à son rêve de sitôt.